華麗に離縁してみせますわ！

ウォレン
エイドリアンの甥っ子。
事故で両親を亡くし、
伯爵家に
引き取られた。
ローザが大好き。
エイドリアン
ローザの夫。
恋人セシルと結婚するはず
だったところに割り込んできた
ローザを鬱陶しがっている。
ギャンブルで身を滅ぼした
兄に代わり伯爵家を継いだ。
ローザ
幼い頃から父に鍛えられ、
なんでも人並み以上にこなす。
父の命でエイドリアンに嫁いだものの
勘違いで恨まれているようなので、
離縁を目指し奮闘している。
「夜会の薔薇」の異名も。

エクトル
ダスティーノ公爵。
未だ独身だが、
切れ者宰相と名高い。
ドルシア子爵
ローザの父。
「仮面卿」の異名で恐れられる
裏社会のボス。
顔に火傷の痕があるため
常に仮面を着けている。
セシル
ランドルフ男爵令嬢。
ローザと結婚する前の
エイドリアンと交際しており、
結婚の約束をしていた。
登場人物紹介

第一章　夜会の薔薇は離縁したい

第一話　お互い様ですわ

「お前ほど醜《みにく》い女はいないな」

新婚初夜での旦那様の第一声がこれです。

ちょっと失礼じゃありませんか？

バークレア伯爵夫人となったローザは、貴族らしい微笑みを浮かべたまま、夫となった男の美麗な顔をじっと見返す。目の前の夫は、黒髪に黒い瞳の美男子だ。すらりと背が高く、見惚《みと》れる女性も多いだろう。

しかし、自分の容姿を醜《みにく》いと言われたのは初めてだと、ローザは思う。なにせ、自分に群《むら》がる男達は、そろって痒《かゆ》くなるような美辞麗句しか口にしない。

金髪碧眼のこの顔は、女神様に喩《たと》えられることもあるくらいなんですけどね？　大抵の男はメロメロになってくれます。

「顔色を変えもしないか、全く可愛げのない」

夫となった男が顔をしかめ、そう吐き捨てる。

これっくらいで顔色を変えていたら、我が家では生きていけませんよ、旦那様？　生き馬の目を抜くって言葉をご存じありませんか？

ローザは心の中でそう付け加えた。

ここは主寝室で三方に扉があり、向かい合う二つの扉はそれぞれの部屋に繋がっている。天蓋《てんがい》付きのベッドは豪奢《ごうしゃ》で、そこに腰かけたローザは初夜を迎えた女性として当然のごとく薄いぴらぴらとした寝衣を身につけているが、夫になった男は、きっちり夜会服を着込んだままだ。

背筋もぴしっと伸びていて、絵になりますね、旦那様。

ローザは夫となった男の顔をまじまじと眺めた。

誠実そうに見える柔らかな美貌は、こうして不愉快そうな顔をしていても十分女性にモテそうです。どうせならその顔を生かして金持ちのパトロンでも引っかければ良かったのにと思いますが、そういったこともできない朴念仁《ぼくねんじん》なんですね、旦那様。プライドばかり高い男はこれだから困ります。愛でお腹は膨《ふく》れません。しっかりお金を稼ぎませんと……

そんな思いでローザが男の顔をじっと眺めていると、彼は顔をしかめ、ふいっと視線を逸らした。

「……抱く気にもならない。興ざめだ。さっさと寝ろ」

夫となったエイドリアン・バークレア伯爵は、そう言い捨てて立ち去った。

でしたら、嫁にもらわなければ良かったのでは？

ローザはそう思ったものの、バークレア伯爵はお金で身売りしたようなものなので、これは致し方ないかもしれないと思い直す。

一人置き去りにされたローザはベッドから降りると、先程までバークレア伯爵が座っていた椅子に腰かけ、そのまま侍女が用意してくれたワインをあおった。

ん？　これは美味しい。

ラベルを見て、ああ、バークレア領内のワインかと、ローザは納得する。

確か昨年、葡萄《ぶどう》も冷害で大損害を出したんでしたわね。

そんな事を思い出す。

前バークレア伯爵だった旦那様のお兄様は大のギャンブル好きで、トラブルが絶えず、大借金を残し若くして亡くなったとか……

その借金返済の目処《めど》が立たないまま、領内の農作物は冷害で軒並みやられ、税収が激減。ここぞとばかりに父が旦那様の借金を肩代わりし、こうして自分の娘を押しつけたと……

結婚後、わたくしに子供が生まれたらその子に家督を譲らせてバークレア伯爵家を乗っ取ろう、そんな感じですわね。ご愁傷様《しゅうしょうさま》。ええ、可愛い婚約者がいたにもかかわらず、無理矢理別れなければならなかった悔しさは分かりますが、こちらにあたられてもひたすら困ります。

わたくしも被害者なんですから……

父のドルシア子爵に逆らったりしたら、娘のわたくしでも翌日にはテーム川に浮かぶんですよ。実の娘でも容赦ないですからね。なにせ父は、裏社会に存在していた二大勢力のフェリペ一家とカルデロ一家を抑え込んで第三勢力のボスとしてのし上がりましたから、ええ、一筋縄ではいきません。もの凄く悪知恵が働きます。

そんな父の二つ名は仮面卿《かめんきょう》。

自分に媚《こ》びへつらう者には寛容を、逆らう者には見せしめを、です。

小さい頃、なんの気なしにお父様に逆らって、いや、子供だったから単なる口答えだったような気がしますけれど、その直後に川に放り込まれましたからね。

ですから、あなたの婚約者だった女性にも危害が及ばないよう、しっかり忠告して差し上げたというのに、何故むざむざ襲われる羽目になったんでしょうね。不甲斐ない……

思わずため息が漏れる。

本当、一体何をやっているんでしょうねぇ、あの男は。

わたくしとの結婚が嫌なら、援助を申し出てくれた他の女性をしっかり捕まえれば良かったでしょうに、あれも嫌、これも嫌では単なる駄々っ子ですわよ、旦那様。

ええ、ご自分の不甲斐なさを棚に上げて恨まれても困りますわ。恨みたいのなら、どうぞ強欲な父を恨んで下さい。というか、借金を清算できなかった甲斐性なしのご自分を責めて下さい。

後は大借金を残して、さっさとあの世へとんずらしたあなたの兄、前バークレア伯爵に怒りをぶつけて下さいませ。

そこでローザは、ふと小首を傾げてしまった。

つくづく不思議なんですが、旦那様は何故あの顔で金持ちの女を引っかけて、貢《みつ》がせなかったんでしょうか？　使えるものはなんでも使う、それくらいの気概《きがい》がないと無理ですよ、旦那様。正攻法であんな莫大《ばくだい》な借金、返せるわけがないじゃないですか。もうちょっと頭の回る男なら、表面上は新妻の機嫌を取って父から金を巻き上げる、くらいはやると思うんですけどねぇ。なのに、それもなし……

はぁ、本当に情けないです。そんな調子だから没落するんですよ。あのくそ狸《だぬき》につけ込まれるんです。本当に甲斐性なしですね、旦那様。

どうせなら、ああいった中身残念なイケメンより、中身イケメンのはげデブ親父の方が良かったですわ。被害者はあの男だけじゃなくて、こちらもですと、そう言いたいですわね。全くもってあなたはわたくしの好みではありません。

ローザはため息を漏らし、手にしたワインを呑み干した。

◇◇◇

なんなんだ、あの女は……

新婚初夜を放棄し、夫婦共用の寝室から出た後、バークレア伯エイドリアンは独りごちる。

醜《みにく》いと罵《ののし》っても顔色一つ変えない。どうしてあんな女に目を付けられたんだか……

ため息が漏れる。

夜会で一緒になるたび、色目を使ってきた。私に気があるようだが、うっとうしくて仕方がない。既に婚約者がいると言って突っぱねても、彼女は気にもとめなかった。

——ええ、知っているわ、そちらの可愛らしいお嬢さんよね。

綺麗な顔に妖艶《ようえん》な微笑みを浮かべて、そう言ってのけた。多くの男達を虜《とりこ》にした微笑みだ。

だが、そんなもの私には通用しない。その時は、顔色を失った婚約者のセシル・ランドルフ男爵令嬢を安心させたくてその肩をぐっと引き寄せた。

——でも、バークレア伯爵は、相当額の負債で首が回らなかったんじゃなかったかしら？　もう少し財産を持ったお嬢さんを引っかけ……いえ、財力のあるお嬢さんと懇意《こんい》になさった方がよろしいのでは？

自分の方が相応しいとでも言いたいのか？　この成金の毒花が。

エイドリアンは心の中でそう吐き捨てた。

お前の父親は男爵位を金で買ったようなもので、さらには子爵家の娘をたらし込んで、そこに婿《むこ》入りしたんだ。ドルシア子爵と名乗っていても、あいつには貴族の血など一滴も入ってはいない。ただの平民の成り上がりだ。

エイドリアンは視線を険しくし、言い放った。

——君にそんな事を言われる筋合いはない。抱えた負債は私がなんとかする。彼女を愛しているんだ。

すると、彼女は声を立てて笑った。

——何がおかしい！

むっとなった。セシルに対する愛を侮辱《ぶじょく》された気がした。

——あら、失礼。随分《ずいぶん》と青くさ……いえ、純情な方もいらっしゃるのだと思っただけですわ。素敵ですわね、夢見がちなお二人さん？　羨《うらや》ましいですわ。愛で借金がなくなるのでしたら、わたくしも喜んでお二人の結婚に賛成しましたけれど。お急ぎになった方がよろしいですわよ？　父がもう手を回しましたから。

——何？

——あなたの借金を父が全額肩代わりいたしましたの。つまり、現時点のあなたは、わたくしの父に巨額の借金をしているということになりますわね。近いうちに父がその借金の取り立てに行くと思います。その時までに全額ご用意なさい。そうすれば、あなたの希望通りそちらの可愛らしいお嬢さんと結婚できてよ？

エイドリアンは目を剥《む》いた。

——ちょ、ちょっと待て！　全額用意なんて、できるわけがない！

——まぁ、情けない。

ローザが顔を歪《ゆが》めた。軽蔑したような眼差しだ。

——早くも白旗ですか。なんとしても揃えると言い切るくらいの気骨を見せるかと思いましたのに……。不甲斐ないこと。でしたら、そちらのお嬢さんとの結婚は諦めた方がよろしいですわ。現実を見ることとです。あんまり駄々をこねるようですと……

ローザがにっこりと微笑んだ。

——そちらの可愛らしいお嬢さんの身が危なくなりますわよ？

そう言って、くすくすと楽しそうに笑う。エイドリアンは血の気が引く思いだった。

——なんだと？

——父のドルシア子爵は仮面卿です。こう言えばお分かりになりますわよね？　当然、荒っぽい連中とも懇意《こんい》にしていますわ。手段は選びません。あなたが承知しないとなると、彼女に消えてもらいたいと、父はそう思うでしょうね。

自信たっぷりにそう言われ、エイドリアンは困惑した。

仮面卿？　知らんぞ、そんなものは……

戸惑ったものの、エイドリアンはひるむことなくローザに詰め寄った。どんな相手だろうと関係ない、脅しになんか屈してたまるか、そんな思いだった。

——セシルに手を出すと許さないぞ！　この売女《ばいた》め！

——あら、威勢だけはよろしいですこと。でしたら、その言葉通り、彼女を守ってみせて下さいませ、素敵なナイトさん？　攫《さら》われたりせぬよう、用心することですわ。警備は厳重になさいませ。優秀な護衛をおつけになることですわね。わたくしの忠告を、ゆめゆめお忘れなきように……

そう言って優雅に一礼し、彼女は立ち去った。

その僅《わず》か数日後の事だ。セシルが暴漢に襲われたと連絡が入った。慌ててランドルフ男爵邸に行くと、彼女は軽傷で済んだものの精神的ショックが大きくて寝込んでいるという。

——申し訳ないが……

そんな話の後に、セシルの父親から婚約解消を打診された。

どうやら脅されたらしい。このままバークレア伯爵と結婚すれば命はない、と。

一体誰の脅しか分からないが、鮮やかな手並みは素人のものではないと感じたようで、裏組織が絡んでいるに違いないと察したセシルの父親は怯《おび》えたのだ。

裏組織……やはり仮面卿とやらの仕業《しわざ》か？

エイドリアンは悔しげに顔を歪《ゆが》めた。

セシルの父親はしがない男爵だ。なんの後ろ盾もない。気持ちは分かる。エイドリアンは泣く泣くセシルを諦めることにした。今の自分の財力ではろくな護衛も雇えそうにない。

その後、父親のドルシア子爵と共に意気揚々と結婚の打診をしに来たあの女が憎たらしくて仕方がなかった。どこまで汚い手を使うのかと憤《いきどお》った。心底腹が立っていたので、あの時は顔の上半分を覆《おお》う白い仮面を付けたドルシア子爵の姿すら、臆《おく》することなく受け入れてしまったほどだ。

なるほど、それで仮面卿？

バークレア伯爵邸の居間で向かい合って座りつつ、エイドリアンはちらちらと何度もドルシア子爵の仮面に目を向けた。侍女のテレサが淹《い》れてくれた紅茶はすっかり冷めてしまっている。

ほんの少し冷静さを取り戻せば、その異様さは際立った。目にした当初、どうして平静でいられたのか自分でも不思議で仕方がない。仮面の奥から覗く緑の瞳は鋭利で、のしかかるような威圧感がある。仮面で覆《おお》われていない口元を見ると顔立ちは整っているような気がするが、笑い方が酷薄だ。

多分、作り笑い、なんだろうな。なんだこれ、本当に薄ら寒い……

エイドリアンは終始気圧《けお》されたまま、ドルシア子爵が提示する条件にただただ聞き入った。そもそも、こちらには逆らうすべなどない。莫大《ばくだい》な金額を記した借用書を前に萎縮《いしゅく》するばかりだ。

話半《なか》ばでローザに意識を向ければ、やはり見惚《みと》れるほど美しかったが、嫌悪しか感じない。娼婦と変わらないと思った。見た目は綺麗だけれど、恐ろしい毒花だ。

そう、彼女の見た目に騙された男はたくさんいる。社交場で彼女に群《むら》がる男はたくさんいたはずなのに、何故私なのか……。自分になびかなかった男を手に入れたいと、そう思ったのかもしれない。

悔しさが込み上げた。

彼女との結婚を了承したことで膨大な借金は消えたが、感謝などできようはずもない。

嫌々ローザと結婚し、邸《やしき》に迎え入れたが、愛する気など毛頭なかった。後悔すれば良いと思う。無理矢理手に入れたとしても、自分が愛されることなどないと思い知るがいい。そう思っての暴言だ。なのに……

「お前ほど醜《みにく》い女はいないな」

その言葉に対するローザの反応は、不思議そうに首を傾げただけ。

「あら、そうですの。この顔は男性受けすると思っていましたけれど、そうでない方もいらっしゃるなんて。世の中は広いですわね」

そう言って、けろりとしたものだ。全くもって忌々《いまいま》しい。今に見ていろ……

第二話　貧乏にも程がありますわ

「おはようございます、奥様」

奥様？　ああ、わたくしの事ね……あら、良いお天気だわ。

降り注ぐ朝日に目を細め、ローザが欠伸《あくび》をしながら起き上がると、寝衣を引っ張られる感触で、自分にすがりついている可愛らしい男の子の存在に気がついた。

ローザは思わず目を丸くする。

「マンマ……」

なんて言ってくれちゃったりするし、あらあ、可愛いわね。

「坊ちゃま、駄目ですよ！　いつの間に！」

そばかすの浮いた、人懐っこい顔立ちの侍女のテレサが、慌てて男の子を引き剥がそうとするも、ローザはそれをやんわりと退け、自分の膝に抱き上げてやる。きゃっきゃとご機嫌だ。

「この子はどなた？」

ローザがあやしてやりながらそう問うと、侍女のテレサが恐縮しきった様子で答えた。

「旦那様の甥御《おいご》様でございます。まだその、母親が恋しい年頃で……」

申し訳ございませんと、テレサが蚊の鳴くような声で付け加える。

そりゃあ、そうでしょうね。見た感じ、まだ二、三歳くらいだもの。ということは、この甥《おい》っ子が旦那様の最後の血縁者というわけね。

しみじみ見つめてしまう。茶の巻き毛の愛らしい顔立ちだ。少し旦那様に似ているかしら？

「この子の名前は？」

「ウォレンとおっしゃいます」

ウォレン・バークレアか。

確か、弟夫妻は事故で他界し、旦那様がこの子を引き取ったのよね。他に親類縁者はなし。だから父に目を付けられた。生まれた孫に家督を譲らせた後、自分が実権を握りやすい環境を選んだのだ。ほんっとあくどい。

膝に乗せた男の子は、あやしてやるとご機嫌だ。

あらあら、子供は無邪気で良いわね。笑う顔が可愛い。うふふ、あのしかめっ面の旦那様に似たら駄目よ？　愛想良くなさいな？

甥《おい》のウォレンをあやしながら、ローザは今後のことを考える。

とにもかくにも、お金が必要ね。お父様に孫はまだかとせっつかれる前に、逃亡資金を貯めてとんずらしないと、何をされるか分からない。でも、ああ、そうよ！

ローザは目をキラキラと輝かせた。

とにかく自由よ！　自由なんだわ！　ああ、なんて素敵な響き！　あれこれ命令をする父がいないだけで、こんなにも気持ちが軽くなるなんて知らなかったわ！　うふふ、なんとかしてみせましょう！

「奥様、お食事はどうなさいますか？　食堂で？　それともこちらへお持ちいたしますか？」

ローザが心の中で張り切っていると、侍女のテレサがそう声をかけてくる。

んー、そうね……

「旦那様はどうしていらっしゃるの？」

「朝食もとらず、登城なさいました」

ああ、顔も合わせたくないってことね。あからさまねぇ。わたくしのように腹の中で罵《ののし》って、にこにこしていればいいのに。ほんっとダメンズだわ。

まぁ、良い方に考えれば、旦那様の感性は真っ当と言えるのかもしれないけれど、表面を取り繕《つくろ》うこともできない馬鹿ってことにもなりそう。貴族社会でそれは致命的よ。自分の思っていることを逐一《ちくいち》相手にばらしてどうするの、もう。

ローザはベッドから降り、テレサに手伝ってもらって身支度を調《ととの》える。

腹の探り合いが必要な場では、何を言われても微笑みが標準よ。でないとすぐに足をすくわれるわ。そういう意味では、自分の思い通りに行動できるバークレア伯爵様は、いいご身分よね。こうして好き勝手に振る舞っても、なんの問題もないんですもの。

「食堂へ行くわ。この子の分もお願い」

「よろしいのですか？」

テレサに意外な顔をされてしまう。

「ええ、一人で食べるよりずっといいわ」

「子供のお世話は大変ですよ？」

「大丈夫、慣れているわ」

またまた意外な顔をされてしまった。

ええ、慣れているんです。父の取引に利用される子供達のお世話は、一体誰がやらされていたと思っているんでしょう？　この、わ、た、く、し、です！

見た目は楚々《そそ》としたお嬢様に見えるでしょうけれど！　はっきり言って、父が課す日々の教育が過酷すぎて、どんな状況でも生き抜いていける力が付いてしまいましたとも！　炊事掃除洗濯、なんでもござれですわよ！　邸《やしき》中をぴっかぴかに磨き上げるなんてことも、造作《ぞうさ》もありませんわぁ！

ほーっほっほっほっと、ローザは心の中で高笑いを上げたものの、食堂へ行く道すがら、本当に邸《やしき》を磨き上げた方がいいという事実に気がついた。

ちょっと……なんですかこれは。とにかく汚い。うえぇ……

人がいる場所だけ綺麗にしてあるという感じで、そこら中埃《ほこり》だらけである。うっわ……と呆れ返った。人手が全く足りていない。本当にド貧乏なんだと実感してしまう。

ああ、それで……

結婚式後の披露宴会場をわざわざ別にした理由はこれかと、ローザは思い至った。

こんなに荒れた邸《やしき》で、お披露目パーティーなんてできないものね。貸し邸宅のこぢんまりとした広間での披露宴は、わたくしに対する嫌がらせかと思いましたけれど、資金不足だっただけなのね。

昨夜は部屋に案内された後、そのまま籠《こ》もってしまったので、邸《やしき》の状態になんて気がつかなかったわ。これはなんとかしないと駄目ね。

埃《ほこり》で汚れていく靴を見ながら、ローザは危機感を募らせる。

じゃないと逃亡資金を貯めるなんて夢のまた夢だわ。まとまったお金がないと、あの狸《たぬき》親父に途中でとっつかまって、売り飛ばされる未来しか見えないもの。

ローザが案内された食堂は立派だった。重厚な内装で、かつての栄華の名残があったものの、やはり掃除が行き届いていない。あちこち埃《ほこり》だらけである。

繊細な彫刻の施《ほどこ》された長テーブルの端に腰かけたローザは、そこで貴族の食事にしてはかなり質素な物を口にした後、ウォレンを連れて庭に出てみた。

やっぱりウォレンはご機嫌ですわね。庭は草ぼうぼうですけれど……

ウォレンに向けていた笑顔がつい引きつってしまう。

ほんっとド貧乏なのね！　女をえり好みしている場合ですか、旦那様！　かのお嬢さん、嫁《とつ》いでこなくてほんっと良かったと思うわ！　絶対、辛酸《しんさん》嘗《な》めてたわよ、これ！

それでも愛があれば、なんてくっさい台詞《せりふ》を言うのかしら？

顎に手を当て、ローザは考える。

どの辺で音《ね》を上げるのか、ちょっと見てみたい気もするけれど、わたくしと結婚してしまった以上、それは無理ですものね。かのお嬢さんは手頃な物件で手を打った方が、絶対幸せになれると思うわ。こちらはとりあえず、草むしりでもしましょうか、はあ……

第三話　がっつり鍛えましたの

「何をしている？」

せっせと日課の草むしりをしていたローザが振り返ると、そこには不機嫌そうなエイドリアンがいた。

明るいうちに旦那様がいらっしゃるとは、珍しいですわね。

ローザはそんな風に思う。

結婚後の旦那様は、新婚初夜を放棄した翌日から毎日、朝早くお出かけになり、夜遅くまで帰っていらっしゃいません。今日は休職日なのかしら。

「草むしりです」

ローザは手を止めずに、そう答えた。ローザの今の格好は、作業着に帽子をかぶった、庭師と同じ姿だ。引っこ抜いた雑草の山があちこちに積み上がっている。

「それは見れば分かる」

分かるのなら聞かないで下さい。

「私が聞いているのは、何故、そんな真似をしているかということだ」

「庭が荒れているので、整えないと見栄えが悪いからです」

「だから、何故お前がそれをやる必要がある！」

怒鳴らないで下さいよ、もう。

「わたくし以外にやる方がいらっしゃいますか？」

エイドリアンがぐっと言葉に詰まった。

いないですよね？　あのくそ狸《だぬき》からの援助金は、全部借金返済に消えましたものね？　生活資金はまだまだ足りていませんよ？

「とりあえず邪魔です。手伝う気がないのなら邸《やしき》に戻って下さい」

「邪魔……」

「ええ、邪魔です。そこでぼーっと突っ立っていられると本当に迷惑です。それとも邸《やしき》の掃除でもなさいますか？　埃《ほこり》がたまり放題ですから、清掃していただけると助かります」

「……分かった、勝手にしろ」

吐き捨てるように言い、エイドリアンは立ち去った。

ええ、勝手にさせていただきます。こつこつ節約して資金を貯めて、ここからおさらばさせていただきますとも！　取り戻せ、花の青春！　ああ、男性に媚《こび》を売らなくてもいい生活は、本当に快適ですわね。あのくだらない美辞麗句を聞かなくて済むんですものね、ほーっほっほっほっ。快適ですわぁ。

ローザはむしった草を放り投げ、うっとりとなった。

自由って、素敵だわ。こうして体を動かすのも素敵……

父がいないというだけで、解放感が凄いですわ。情報収集と人脈開拓のため、高位貴族に媚《こび》を売りまくってこいとお父様に厳命され、出席しまくった夜会巡りは本当に大変でしたもの。優雅に妖艶《ようえん》にと、自分のイメージ作りも大切でしたから、料理にがっつくわけにもいきませんし！　ちっとも楽しくありませんでしたわ！

料理を手に、きゃっきゃうふふしているお嬢さん方を何度羨《うらや》ましいと思ったことか！　ああ、わたくしも混ざりたい！　そう思っても、そう思っても！

——ろ、ローザ嬢！

——ご、ご機嫌麗《うるわ》しゅう！

わたくしが声をかける令嬢達は、何故かびくびくおどおどと緊張なさいます。雰囲気を和《なご》ませようと微笑みかけても、どうやら逆効果なようで、更に萎縮《いしゅく》してしまいます。

——お、お、恐れ多いですわ！

——わ、わたくしどもでは、お美しいローザ嬢のお相手は、とてもとても！

いえ、爵位は同じでしてよ？　というか伯爵家のお嬢さんも混じっていますわよ？　何故引くんですの？　何故かようにお嬢様方の腰が低くなるのか……

ああ、逃げていく……

どうも、自分の顔に迫力があるようだとローザが気がついたのは、かなり後になってからだ。

もうこれはどうしようもないですわね。遠巻きにされる美貌って、悲しいですわ。男性に媚《こび》を売るには最適らしいですが……

どの殿方も、少し色目を使うだけで、鼻の下を伸ばして下さいます。でも、これだと、喜ぶのはお父様だけじゃありませんの。はあ……もう少しふんわりとした、可愛らしいお嬢さんに生まれたかったですわ。

そう、旦那様の元婚約者のセシル嬢のように……

ストロベリーブロンドのふんわりとした髪に、愛くるしいぱっちりとした瞳。思わず守ってあげたくなるような、そんな感じのお嬢さんでしたものね。

対してわたくしは夜会の薔薇、男を惑わす星って……

全然嬉しくありませんわね。どう見ても女性に敬遠される女じゃありませんの、もう。こうして自由になれたのですから、男に取り囲まれるより、可愛らしいお嬢さん達ときゃっきゃうふふしたいですわ。

昼食はいつも通りエイドリアンとは別々にとり、その後も精を出した結果、連日に及ぶ草むしりがやっと終わった。やりきった達成感に浸《ひた》りながら、この庭は芋畑にでもしましょうかと、ローザはそんな事を考える。

質実剛健が一番ですわ。花なんて植えたってお腹は膨《ふく》れませんものね。食べたいものを植えて、自給自足をすれば、お金が貯まりますわね。うふふ。明日は埃《ほこり》だらけの邸《やしき》の掃除をしましょう。

ウォレンを膝に乗せ、ローザが粗末な夕食をとっていると、珍しくエイドリアンが姿を見せた。

ローザは目を丸くする。

あらぁ？　一体どういう風の吹き回しでしょう？　もしかして監視ですか？　変なことはしてい

ませんよ？

「……甥《おい》を手なずけてどうするつもりだ？」

どうやら旦那様の不興を買ったようですわね。旦那様の眉間には、いつも通りの皺《しわ》。綺麗な顔が台無しですよ？

「別に何も？」

「甥《おい》を使って私を懐柔《かいじゅう》しようなどと考えているのなら……」

ああ、煩《うるさ》いですねぇ。

「分かりました、お返しします。ちゃんとあやして下さいね？」

ひょいっとウォレンを抱え、旦那様に抱っこさせれば、それまでにっこり笑顔だったウォレンの顔がふっと崩れ、マンマとか言ってくれちゃう。う、可愛い。しかも、あ、これは、泣くな……

ウォレンは手足をばたばたさせて、ローザに抱っこされないと分かると、火がついたように泣き出した。

「うぉ、ウォレン？　ほ、ほーら、ほーら、高い高い！」

全然慣れていませんね、旦那様。手つきが危なっかしいですわ。落とさないで下さいよ？

散々あたふたさせた後、頃合いを見て、ローザは助け船を出す。

「預かりましょうか？」

ローザがそう言うと、エイドリアンは渋々ウォレンを手渡した。するとウォレンはピタリと泣き止み、きゃっきゃと笑う。エイドリアンは苦虫を噛みつぶしたような顔だ。

「何か文句でも？」

「……ない」

本当に嫌そうですね。だったらちゃんとした乳母を雇ったらどうですか？　そんなお金はないのでしょうけれど……

◇◇◇

なんなのだ？　あの女は……

エイドリアンは今日も心の中で独りごちる。

イライラしっぱなしだ。

料理人に命じてローザの食事は質素にさせ、付ける侍女も一人だけ。というより一人しかいないから自分と掛け持ちだ。そしてもちろん、ドレスや宝石などの贈り物は全くない。夫婦としての会話もなく、夜の営みもない。

なのに何故、文句の一つも言ってこない！

だんっと乱暴に壁を叩いてしまう。

絶対に怒鳴り込んでくると思っていたのだ。あの高慢ちきな女が、こうした質素な生活に耐えられるわけがない。遠からず癇癪《かんしゃく》を起こすだろうと踏んでいた。その時は満面の笑みで、こう言ってやるつもりだったのだ。

——なら、実家へ帰ったらどうだ？　その方が私も助かる。

お前など必要ない、そういう意味を込めて嫌みたっぷりに。きっとあの女は悔しがり、顔を真っ赤にして怒るだろう。そう思っていたのに……

実際は楽しそうに鼻歌交じりで邸《やしき》中の掃除をしている。

なんなのだあれは！

エイドリアンは再び壁を叩いてしまう。

悔しがるのが何故こっちなのか……

あの光景は夢か幻か？　初めてあれを見た時は、我が目を疑った。夜会の薔薇と囁《ささや》かれたあの高慢ちきな女が掃除？　ありえない。しかも、化粧もせずに作業着姿で。あれでは使用人と変わらないではないか。一体なんの真似だ？　私の気を引くお芝居か？　それにしては堂に入りすぎている。

エイドリアンは改めて、ローザが掃除をした邸内を見やった。どこもかしこもピカピカだ。使用人全員が感心するほどの手並みである。

と言っても、使用人は料理人と侍女と執事のたった三人しかいないのだが。いや、いつも眠っているような年老いた厩番《うまやばん》を加えれば四人か……

——旦那様！　奥様は素晴らしい方ですわ！

侍女のテレサが興奮気味にそう言っていた。そばかすの浮いた人懐っこい顔が、きらきらと輝いている。

——こうしてわたくしどもの至らなさを補って下さるだけでなく、わたくしどものような使用人をも気遣って下さいます。手が荒れれば、ほら、ご自分が使っていた薬用クリームを下さいました！　こんな方は見たことがございません！　大事になさいませ！

　そう言われても、エイドリアンには戸惑いしかない。夜会で見たあの女の姿と違いすぎて、まるで狐につままれたようだ。

　一体あれは誰だ？　夜会の薔薇？　違うと思う……

　エイドリアンがなんの気なしに窓の外を見ると、そこにローザがいて、今も農作業の真っ最中だ。鍬《くわ》を手に土を掘り返している。エイドリアンは、ぼんやりとその光景を眺め……目にした事態の異様さに思考が追いつき、仰天《ぎょうてん》した。

　はあ？　農作業？　あの女は庭で一体何をしているのか！

　慌てて庭へ出ると、ローザがもの凄い勢いで土を掘り返している。そう、もの凄い勢いだ。とてもひ弱な女性の作業とは思えない。

　というか、子爵令嬢が、貴族の娘が！　息切れもせず元気に農作業って……なんの冗談だ、これは？　現実か？

「ローザ！」

　ついあの女の名前を呼ぶと、彼女はようやっと手を休めて、顔を上げた。

「あら、旦那様、何かご用ですか？」

　なんて涼しい顔で言ってくる。爽やかな笑顔、そう言ってもいい。

「これは、なんだ、これは！」

エイドリアンが掘り返された土を指差すと、芋畑を作っていますと、ローザはけろりと返す。

「芋畑?」

「ええ、そうです。これだけ無駄に……いえ、広いお庭があるのですから、有効活用いたしませんとね。旦那様はしがない伯爵ですし」

しがない言うなあ!

エイドリアンが心の中で絶叫するも、ローザはにっこりと笑った。

「高位貴族の方達をここへお招きするということもございませんでしょう? なら花を植えるより、実用的な芋がよろしいかと」

「いや、そ……そういう問題じゃない!」

そうだ、そういう問題じゃない! 貴族の娘が! 伯爵夫人が農作業をしている光景が異様すぎるんだ!

エイドリアンは頭をかきむしりそうになる。

「なら、どういう問題でしょう?」

「あ、あれだ! つ、疲れないのか?」

「いえ、全然」

「全然!?」

エイドリアンは目を剥《む》いてしまった。

先程からもの凄い運動量だぞ? というか、鍬《くわ》の振り方が異様なほど速かった。あれはなんだ?

人間業《わざ》じゃないような……

エイドリアンの背に、たらりと冷や汗が伝う。

「あら、もしかして、旦那様はわたくしの体調を気遣って下さっているのですか？」

ほほほとローザが笑う。

「え？　いや、その……」

そうだとは言いにくく、エイドリアンは言葉を濁《にご》してしまう。

「なら、心配無用ですわ。健康には自信があります。というより、あの家では健康でないと死にますから」

「はあ？」

「なにせ父は風邪一つ引かない化け物……いえ、強靭《きょうじん》な肉体の持ち主ですので、常識が全く通用しません。朝昼晩と休む暇もなく、必要な淑女教育の他に、過酷な剣の鍛錬《たんれん》を課せられます。これっくらいできて当然って顔で」

剣の鍛錬《たんれん》？　普通の淑女教育ではやらないような気が……ドルシア子爵って一体……

エイドリアンは心の中で自問自答する。

「ですので、かようにしっかりとした体になりました！　雨風に負けぬよう！　ええ、しっかりがっつりと！」

「鍛えすぎだろう！」

エイドリアンは速攻つっこんだ。

「体力が尋常じゃな……いや、こ、こんな風に農作業をする子爵令嬢など見たことがないぞ！」

「ここにおりますわ、旦那様。了見《りょうけん》の狭いことをおっしゃらないで」

ほほほとローザが笑う。エイドリアンは目を剥《む》いた。

「私の了見《りょうけん》が狭いのか？」

違う、絶対違う。調子が狂いっぱなしだ。

「後、邪魔です。手伝って下さるなら話は別ですが」

鍬《くわ》を持たされそうになり、エイドリアンは慌てて退散した。

あれが夜会の薔薇、男を惑わす星って……

しかもすっぴんの方が可愛いって、ど、どういうことだ？　ローザは化粧をすると毒花のような怪しい美しさを醸《かも》し出していたが、今のようにすっぴんだと、綺麗だが愛らしい感じになる。可愛らしい……って、いやいやいや、あれが可愛いなど気の迷いだ、気の迷い。

頭を振って、エイドリアンはもやもやした感情を追い払う。

一体なんなのだ？　あの女は。

エイドリアンは大きく息を吐き出した。

意図が全く読めない。何故、私に媚《こ》びない？　絶対すり寄ってくると思っていたのに、私が傍にいてもいなくてもまるで空気という態度を崩さない。拍子抜けだ。

そして、邸《やしき》中を掃除し、甥《おい》の世話をし、芋畑を作る子爵令嬢……

規格外すぎる。こんな令嬢は見たことがない。

執務室で一人悶々《もんもん》としていると、執事のセバスチャンが手紙を持って現れた。

その手紙の差出人を見て、エイドリアンは表情を引き締める。セシルからだった。震える手で開封すると、今はすっかり体調も元通りで、元気にしているとのこと。できれば一度会いたいという旨が記されている。

私も会いたい……

しかし、不本意とはいえ私は既に結婚している身だ。既婚者である自分と逢瀬を繰り返せば、彼女の評判に傷がつく。それだけは避けたい。幸せになってくれ、そういった意味を込めて、エイドリアンは別れの手紙を書いた。

第四話　おかしな旦那様

ローザは毎日せっせと働いた。

とにかくやる事はまだまだたくさんある。休んでなどいられない。

まとまった資金を貯めて、華麗なる離縁を果たした後は、あの狸《たぬき》親父の手の届かない所まで逃亡するのよ、ほーっほっほっほっ！

ローザは心の中でいつものように高笑い。日没まで農作業を続け、邸《やしき》へ戻った。

「マンマ」

邸《やしき》に入ると、テレサにあやされていたウォレンが顔をくしゃくしゃにして喜び、ぴっとりと張り付いて離れない。思わず口元がほころんでしまう。ウォレンが可愛くて仕方がない。

お風呂に一緒に入りましょうか。ああ、ほら、暴れない暴れない。ちゃんと洗わせてちょうだいな。

着替えを済ませ、ウォレンを抱っこして食堂に行くと、エイドリアンが椅子に座っていた。ローザは目を丸くしてしまう。

何故、旦那様がここにいらっしゃるのでしょう？　思わず二度見してしまいました。幻、ではありませんよね？　きっちり背筋を伸ばした旦那様がそこにいらっしゃいます。艶《つや》やかな黒髪に端整な顔立ち。相変わらず絵になりますね。中身は残念ですけれど……

「……何か言いたげだな？」

エイドリアンの眉間に皺《しわ》が寄った。

どうやらまじまじと見過ぎたようです。まぁ、言わせていただけるのでしたら、いつものようにお部屋でどうぞ、と言いたいところですが、それも大人げないですわね。ま、家具の一部と思えばいいでしょう。気にしない、気にしないと。

「いいえ、とんでもございませんわ。どうぞお好きになさって下さいませ」

ローザが愛想良くほほほと笑うと、エイドリアンの眉間の皺《しわ》が一層深くなった。

本当、腹芸のできない人ですねぇ。感情が全部顔に出ていますよ？　怒っていても、にこにこ笑うくらいしてほしいものです。

ローザがすまして椅子に座ると、料理が運ばれてくる。

ん？　出てくるお料理がいつもより豪勢ですね。貧困層の食事が庶民層になった、という程度ですが……

食卓に並べられた食事に、じっと見入ってしまう。

「冷めないうちにどうぞ。今日は料理人のトニーが奥様のために張り切って作りましたの」

侍女のテレサが、奥様のためにとやけに強調する。

「品数も多くなりましたわね。予算は大丈夫ですの？」

「ええ！　旦那様から許可が――あ……」

テレサがぱっと口元を押さえる。気まずそうに視線を逸らしたテレサを見て、ローザは気がついた。

ああ、そういうこと……。旦那様の嫌がらせだったのね？　あの食事。てっきり倹約に励んでいるのかと思っていたわ。でも、甘いわねぇ。旦那様とは鍛え方が違いますからね！　あのくらいの嫌がらせなんて、なんともありませんわぁ！

ほーっほっほっほっとローザは心の中で高笑い。

ちらりと視線を走らせれば、やはり旦那様もどこか居心地が悪そうです。小物臭が漂っていますわよ、旦那様。悪だくみくらい堂々とやる度量を身につけて下さいまし。

「申し訳ございません」

テレサが身を縮める。こちらは本当に申し訳なさそうだ。

もしかしてこれまでの食事内容は不本意だったということかしらね？

ローザはくすりと笑った。

まぁ、本当は仕える主人の企みをばらしてしまった不手際の方が問題ですけれど、そこは不問にしましょうか。

「いいのよ、テレサ。忠誠心が厚いのは良いことだわ」

にっこりと笑ってみせる。

そう、使用人は主に忠実であるべし。これは基本中の基本。でも、今後はわたくしの側《がわ》についてもらいたいものね。

「でも、その忠誠心を、ほんの少しで良いの、わたくしにも分けてもらえないかしら？　そうしてくれたら嬉しいわ」

テレサがぱあっと顔を輝かせた。自分に仕えてほしい、ローザにそう言われたも同然だ。

「も、もちろんです、奥様！　誠心誠意お仕えいたしますとも！」

テレサが喜んでそう答え、ローザは再びにっこりと笑う。

うふふ。期待しているわよ？

「……邸《やしき》が随分《ずいぶん》と綺麗になった」

食事の途中で、エイドリアンがぽつりとそう口にした。

相変わらず不機嫌そうですね。邸《やしき》が綺麗になったのだから、もっと嬉しそうにしたらどうですか？

「ええ、掃除しましたから」

ローザの返答に、エイドリアンは一瞬押し黙り、ずいっと身を乗り出した。

「お前は一体、今までどんな生活をしてきたんだ？」

そう、胡散臭《うさんくさ》げに問いただす。

「草むしりをし、邸《やしき》中の掃除をする。畑まで……。苦労知らずの子爵令嬢だとばかり思っていたが……」

「ええ、そう見えるように躾《しつ》けられていますからね」

そう、高位貴族に取り入るために仕込まれたマナーのおかげです。

「子供の扱いにも慣れている」

エイドリアンが、ローザのあやしている甥《おい》のウォレンに目を向けた。

「ええ、こうしてお世話をしていましたから。大勢」

「大勢……」

エイドリアンはローザをまじまじと見つめた。

「……教会で孤児達の世話を？」

「いいえ、そういった慈善事業ではありません。時は金なり、無駄にするべからず、そう言ってあの男は憚《はばか》りません。要するに、金にならないことはするなということですわ」

「金の亡者《もうじゃ》だな」

「ええ、まさにその通りです」

人の命より、金、金、金ですからね。どうしてあそこまで強欲になったんだか。

「……普通はそこで否定しそうなものだが」

父親だろう？　エイドリアンはそう言いたげだ。

本当、幸せ者ですわね、旦那様。きっとあなたのお父様は、真っ当な方だったんでしょうね。

「わたくしの父の本性は、きっちり知っておいた方がいいと思いますわ。でないと、とんでもない目に遭わされますので」

ローザがにっこり笑ってみせると、エイドリアンはなんとも言えない顔を返した。

「ローザ」

食事を終え、立ち去りかけたローザをエイドリアンが呼び止める。

「なんでしょう？」

振り返ると、エイドリアンは、何かを言いかけ、そして口を閉じた。その繰り返しだ。

一体なんなのでしょうね？　言いたいことがあるのでしたら、はっきり言った方が良いですよ？

ローザがじっと見つめると、ふいっと視線を逸らされる。

「……なんでもない」

結局そう言って、エイドリアンは立ち去った。

一体なんだったんでしょう？　謎ですわ。

◇◇◇

何をやっているんだ、私は！

廊下を早足で歩きながら、エイドリアンは自分を罵倒《ばとう》する。

感謝の意を伝えるんじゃなかったのか？

あの女が無理矢理自分と結婚した事実は許しがたいが、それでも彼女のお陰で使用人達の表情が明るくなったのは確かなのだ。借金まみれの自分にこうして仕え、給料も満足に払えていないこんな状況で、彼らの明るい笑い声を聞いたのは久しぶりだ。

――奥様は素晴らしい方です！

使用人達はこぞってそう褒め称《たた》える。よほど彼女を気に入ったのだろう。仲良くするようにと、使用人の誰もが言外にそういった意図を込めてくる。

それに賛成したわけではないが、人としての礼儀は忘れてはいけない、そう思い、彼女の働きには感謝していると、そう伝えるつもりだったのだが……

ローザの碧《あお》い瞳に見つめられると、妙な気分をかき立てられてしまう。そわそわと落ち着かなくなってしまうのだ。胸がざわつくこの感覚はなんなのか……

自分でも訳の分からない感情に戸惑い、結局エイドリアンは、その場を濁《にご》して終わってしまった。情けない。いつの間にこんなに情けない男になったのか……

そう悶々《もんもん》としていた翌日のこと。

その憂《う》さに拍車をかけるような出来事が起こった。二人の悪友がいきなり伯爵邸を訪ねてきたのだ。いや、押しかけてきたと言った方がいい。どちらも女好きの遊び人だ。夜会の薔薇と称されていたローザとの結婚に興味津々といった風である。

「夜会の薔薇に一目会おうと思ってな！」

子爵家嫡男《ちゃくなん》、金髪優男のクレマンがそう言って笑う。

「独り占めか、羨《うらや》ましいぞ、この野郎！」

体格のいい伯爵家令息のヒューゴが、示し合わせたように肩を叩く。

そんなつもりは毛頭ない！

エイドリアンはそう叫びそうになってしまう。

それと、羨《うらや》ましいならお前らが嫁にもらってくれ！

エイドリアンはそう言いたかったが、借金のかたとして彼女を娶《めと》らされたのだ。そんな真似、できようはずもない。エイドリアン自ら邸《やしき》の中を案内し、二人を客間へ通すと、彼らは驚いた様子だった。

「……随分《ずいぶん》綺麗になったな」

クレマンがぽつりと言う。

「ああ、その……掃除をしたんだ」

「ふうん？　やっぱり彼女を選んで正解だったんじゃないか？」

「どういう……」

「ん？　だって、新しい使用人を雇ったんだろ？　彼女の持参金で」

いいや、ドルシア子爵の援助は借金の清算までだったから、まとまった金が手に入ったわけじゃない。掃除をしたのはローザだ。生活はいまだ困窮《こんきゅう》している。

どう言えば良いのか分からず、エイドリアンが答えあぐねていると、ヒューゴがにやにや笑いつつ、肩を叩いてきた。

「しっかし顔のいい男は得だねぇ。借金まみれでも、こうして女が寄ってくるんだから。普通の男だったら、結婚相手なんかまず見つからないね。しかも、大金持ちのあんな美女……ほんっと羨《うらや》ましいよ。彼女の美貌と財産に目がくらんで、婚約者だったセシル嬢を捨てるのも無理はない」

ヒューゴの揶揄《やゆ》に、エイドリアンはいきり立った。

「捨てたわけじゃない！　私はセシルを愛して……」

「ああ、言い訳はいいから、いいから。分かってるって。俺だってな、ローザ嬢とセシル嬢だったら、絶対ローザ嬢をとるね。お前の選択は当然だよ」

「だから、違う！　借金を返せないなら結婚しろと迫られたんだ！　セシルとは無理矢理別れさせられたんだよ！　私はあの女と結婚する気なんか毛頭なかった！」

悪友二人が顔を見合わせる。

「え、それも羨《うらや》ましい」

声を揃えて言われ、エイドリアンは目を剥《む》いた。

「なんでだ！」

「なんでって……」

「なぁ？」

二人は訳知り顔で目配せし、困ったように笑う。

「あんな美人に結婚してってて迫られたんだろ？　しかも大金持ち」

「俺もそうされたい。愛されてるなぁ、お前」

「違う！」

いや、違わない、のか？

エイドリアンは、はたと考える。

あの女が借金のかたに、私に結婚を迫ったのは事実だ。いや、でも、私に対して全く興味がなさそうに見えるのは何故だ？　ウォレンは目に入れても痛くない程の可愛がりようだが、私は常に空気扱いされているような気がしてならない。

――あら、そこにいましたの？

そんなローザの声が聞こえてきそうだ。そう、空気。まさに空気だ。何故だ？　傍にいられると迷惑という気配すらするぞ？　あれで愛されている？　本当か？

「なぁ、もしかしてお前、まだセシル嬢に未練があるのか？」

クレマンの言葉に、エイドリアンは顔をしかめた。

「……だったらどうだと言うんだ」

たとえそうだったとしても、責められるいわれはない。彼女と別れてからまだ半年も経っていないんだ。そんなに早く気持ちを切り替えられるものか。

エイドリアンの返答に、クレマンがひょいっと肩をすくめた。

「俺はセシル嬢みたいな乳臭いガキなんかお断りだけどな」

「なんだと！」

「まぁ、まぁ。そう怒るなよ。好みは人それぞれだ。だからほら、お前がセシル嬢と婚約した時だって、俺は別に反対しなかったろ？」

クレマンがエイドリアンの肩を叩き、顔を寄せる。

「だからさ、ここは一つ、セシル嬢を愛人にしたらどうだ？」

そう囁《ささや》いた。エイドリアンが目を剥《む》くと、クレマンはにやにやと笑う。

「セシル嬢はよ、お前にぞっこんだったろ？　惚れ込んでた。今のお前は金があるだろうから、女の一人や二人、囲えるんじゃないのか？」

エイドリアンは拳をぐっと握った。

冗談じゃない！

「やめろ！　私はセシルをそんな風に扱うつもりはない！」

そうだ、愛人などという日陰者にしてたまるか！

エイドリアンはそう憤《いきどお》るも、遊び人であるクレマンの軽い口調は止まらない。

「ふうん？　ほんっとお前ってお堅いよなぁ。どうしてそうなんだか……。女が寄ってきても大抵袖にしちまう。もったいないと俺は思うね。少しは女遊びをしろよ。肩の力を抜けって。お前のその顔なら愛人を四、五人囲っていたっておかしかない」

クレマンのにやにや笑いとは対照的に、エイドリアンの表情は険しくなる。

そうだ、こいつは根っからの遊び人だ。あちこちの女に手を出しては袖にしている。そんな真似をしてたまるか！

「余計な世話だ！」

エイドリアンが怒りも露《あら》わに叫ぶと、女の声が割って入った。

「ええ、本当、余計なお世話ですわね」

怒りのこもったその声を耳にして、悪友共々エイドリアン自身も飛び上がる。

「おあ！」

「ロ、ローザ夫人！」

そう、彼らのすぐ横には、銀のトレイを手にした笑顔のローザが立っていたのだ。

い、いつの間に？　心臓に悪い……

エイドリアンは思わず波打つ心臓を押さえる。ローザがほほほと笑った。

「お久しぶりですわねぇ、お二方。ええ、よく覚えておりますわ。夜会で何度かお会いしましたものねぇ。その節はどうも。相変わらずですのね。女遊びもほどほどになさいませ。主人を巻き込むのは、どうか勘弁していただけませんか？」

柔らかい物腰で笑っているが、目が完全に据《す》わっている。怒っているのは一目瞭然《りょうぜん》である。

「わ、悪かった！　謝る！」

「悪乗りしすぎた、申し訳ない！」

悪友二人は完全に及び腰だ。

女相手に情けないと思うなかれ。ローザの顔は迫力がある。扇子を持たせればまさに女王様だ。

「お茶をお持ちいたしましたの。よろしければどうぞ」

ローザが銀のトレイをローテーブルへと置く。トレイには焼き菓子と茶器が載っていた。ぷんっと甘い香りが鼻をくすぐる。菓子は焼き立てのようだ。

「あ、これはどうも」

「伯爵夫人手ずからとは、いやあ、感激だな」

ローザの給仕に悪友二人がデレデレと鼻の下を伸ばす。いや、単に人手が足りないだけだと、エイドリアンは心の中で呟いた。が、もちろんそれを口に出すことはない。恥ずかしい内情など知られたくない。

焼き菓子を口に運んだクレマンが首を傾げる。

「ん？　こいつはうまい。トニーはこういった物も作るのか……」

「いえ、そちらはわたくしが」

「え？」

ローザの言葉に悪友二人が目を丸くしたが、エイドリアンも驚いた。ローザが台所に立った事実に仰天《ぎょうてん》したのだ。

料理までするのか？

「え？　これ、ローザ夫人が？」

「ええ、そうですわ。お口に合いましたか？」

にっこりとローザが笑う。

「ええ、それはもう！　なあ？」

「ああ、うまい。うちの料理人にも見習わせたいよ」

「まぁ、お上手ね」

ほほほとローザが優雅に笑う。外見に負けず劣らず所作も美しい。ここだけ見ると、確かに今まで目にしていた夜会の薔薇そのものだ。

エイドリアンはローザの横顔にじっと見入ってしまう。

化粧をした顔はやはり妖艶《ようえん》だ。

しかしその実、使用人に混じって邸中《やしき》をピカピカに磨き上げ、農民も顔負けの身のこなしで畑を耕し、乳母以上の手腕で子供の世話をしてのけ、果ては料理まで……

エイドリアンは手にした焼き菓子をまじまじと眺め、口へ運んだ。文句なしにうまい。きっと料理人のトニーも唸《うな》るだろうと思う。おかしい。絶対おかしい。エイドリアンの思考がぐるぐると迷走する。

男を惑わす魔性の星……あの噂は本当なのか？

エイドリアンはローザの横顔をまじまじと眺めてしまう。

妖婦のような外見だが、もしかして内面は違う？　噂通りではない？　いや、しかし……

エイドリアンは困惑する。

実際、ローザが男に色目を使っている場面は何度も目撃しているし、自分もその毒牙にかかったと言っても過言ではない。こうして無理矢理、婚姻関係を結ばされたのだから。その事実はどうしたって覆《くつがえ》らない。一体どう考えれば良いというのか。分からない……

その後、悪友二人は「相変わらず綺麗だねぇ」などという美辞麗句を散々吐いてくだらない話をくっちゃべり、夕方になってようよう帰っていった。

エイドリアンは複雑な気分で、友人二人の背を見送った。どうしても心のもやもやが晴れない。ローザの客対応は完璧だった。妖婦のように友人に媚《こ》びることもなく、伯爵夫人としての節度を守り、所作には品があった。どこからどう見ても立派な貴婦人だ。

これのどこが毒花だ？

ちらりとローザの横顔に視線を走らせると、やはり美しい。妖婦のようだと思っていたが、こうしてみると清楚にも感じられる。耳にした噂話はもとより、夜会で目にした彼女の姿と今の姿が一致しない。

一体これはどういうことなのか……

悶々《もんもん》としたままエイドリアンが自室に戻ろうとすると、ローザに呼び止められた。

「旦那様」

振り返ると碧《あお》い瞳がそこにあった。吸い込まれそうなほど深い色合いの……

「この先、もし愛人を持つつもりでしたら、きちんと避妊して下さいね？　でないと父に消されますから」

「どういう意味――」

ローザの台詞《せりふ》に、思いを巡らせていたエイドリアンは我に返って眉をひそめた。

「わたくしの父が、自分の孫以外の跡継ぎなど認めるはずがありませんもの。邪魔者は排除されますよ。あなたが他の女との間に子をもうけようものなら、絶対、母子共々消されます。肝《きも》に銘じて下さいまし」

エイドリアンは、かっとなって怒鳴った。

「お前、また私を脅すつもりか！　セシルの時と同じように！」

ローザも負けじと目をきりりとつり上げる。

「脅しではなくて忠告です！」

「忠告だと？」

「そうですとも！　あなたは父の力をどれだけ侮《あなど》れば気が済むんですか？　仮面卿の名を出したのに、どうして反応しないんですの？　危機意識が低すぎます！　本当に貴族ですか？　裏情報ちゃんと掴んでます？　セシル嬢の時だって、守れる力もないくせに別れたくないとか駄々をこねるから、ああなるんじゃないですか！　偉そうにふんぞり返るのなら、ちゃんと守りたい者を守れるだけの力をつけてからにして下さい、この甲斐性なし！」

「か、甲斐性なし……」

ローザの猛攻に、エイドリアンは目を白黒させた。

「わたくしもあなたのような残念男と結婚なんて、したくてしたわけじゃありません！　そこはあなたと同じです！　でも、結婚しないと、それこそ見せしめに何をされるか分かりませんからね！　翌日、テーム川にぷっかりなんてゴメンです！　ですから、渋々、嫌々、ここに嫁《とつ》ぎました！」

エイドリアンは仰天《ぎょうてん》した。そんな話は今初めて聞いたからだ。

「し、渋々？　嫌々？　な、なら何故、セシルと別れろと脅したりした!?　私と結婚したかったからじゃないのか!?」

「ち、が、い、ま、す！　どれだけうぬぼれが強いんですか！　この顔だけ男！」

「顔だけ男……」

「セシル嬢の身が危なかったからです！　無知も大概にして下さいまし！　裏社会を牛耳《ぎゅうじ》っている三大勢力の一つをまとめ上げているのが、わたくしの父です！　筋金入りのとんでもない悪党です！　セシル嬢がろくでもない男達に輪姦《まわ》されずにすんだのは、本当に幸運以外の何ものでもありません！」

「ま、まわ……」

エイドリアンは口をぱくぱくさせる。言葉が出ない。

「それと、正直に言わせてもらえば、顔の良い中身残念男より、頭の切れるはげデブ親父の方がずっと魅力的ですから！　あなたのような甲斐性なしは範疇外です！　論外です！　せめてその顔で金を稼いできてから文句を言って下さい！」

ローザは憤然と身を翻《ひるがえ》すと、放心して立ち尽くすエイドリアンを残し、さっさと自室へ引き上げていった。

顔だけ男……

そんなローザの言葉がエイドリアンの頭の中をわんわんと木霊《こだま》した。

自分との結婚を望んだのは、ローザではなかった。父親に命じられたから……

ぼんやりとその事実を考える。

ローザの父親が婚姻を望んだというのなら、おそらく狙いは爵位だろう。高位貴族にとって、バークレアの名はさして価値のないものだが、成金のドルシア子爵にとっては、より大きな権力を得るために必要だったというわけか。

やられた……

てっきり娘の我《わ》が儘《まま》を聞いたものと思い込んでいたから、その可能性を全く考えなかった。

――お前ほど醜《みにく》い女はいないな。

初夜での出来事を思い出し、エイドリアンは途方に暮れる。随分《ずいぶん》と酷いことを言ったものだ。

――どれだけうぬぼれが強いんですか！

思わず笑ってしまった。

そう、うぬぼれも入っていたのだろう。私の容姿に惚れ込み、まとわりつく女が多かったから、つい彼女もその類《たぐい》だと……。だが、そうだ、自分もセシルを容姿で選んだわけではない。心が純粋だと、そう感じたから……。見た目で選ばない者もいるのだと、どうして気がつかなかったのか。もしかしたら、ローザにも自分と同じように他に好きな男がいたのかもしれない。そうだとしたら、彼女も被害者か……

エイドリアンの中に今更ながら後悔が湧き上がる。

申し訳ないことをした。

「なぁ、トニー、相談なんだが……」

「え？　あ、はい！　だ、旦那様！」

どうしたものかと考えあぐね、苦し紛れにエイドリアンが調理場に顔を出すと、料理長のトニーが直立不動の姿勢をとった。

仕事中にまずかったか？

「もし、その……お前が恋人と喧嘩をした場合、どうやって謝る？」

「は？　私が恋人と喧嘩ですか？　そりゃー、もう、私の場合は許してくれるまで土下座一択ですね。泣いて謝ります」

「それ以外で」

エイドリアンは即答する。

やれるか、馬鹿者！　もう少しプライドを持て！

「はあ、では花束を贈るとか？」

「贈り物か」

そうだな、それが無難かもしれない。と言っても予算が……

謝罪の贈り物が安物というわけにもいかず、エイドリアンはその後、何日も金の工面に苦慮する羽目となる。


その僅《わず》か数日後。

当のローザの着飾った格好を目にして、エイドリアンはついむっとなってしまった。

どこかへ出かけるところなのだろう、美しく着飾ったローザの姿を、エイドリアンは上から下までじっくり眺めてしまう。身につけた青いドレスも宝石も一級品だ。綺麗だった。文句なしに美しい。

なんだこれは。流石《さすが》に貧乏暮らしが嫌になったか？

「……なんだ、その格好は」

どうしても不機嫌な声になってしまう。自分の不甲斐なさを見せつけられるようで面白くない。こっちはドレスも宝石も、贈りたくても贈れないというのに……

自分で購入したのか？　まさか男からの贈り物じゃないだろうな？

つい勘繰《かんぐ》ってしまう。

「お茶会に行くのですから、着飾るのは当然でしょう？」

しかし、ローザにはしれっとそう返された。

お茶会だと？

「……茶会になど行く必要はない」

エイドリアンの機嫌の悪さに拍車がかかる。

どうせ遊びだろう。行くのなら、せめて私が贈った宝石を身につけられるようになってからにしてほしい。でないと立つ瀬がないではないか。

「必要ありますとも。ああいったところは、お金のなる木ですからね」

「何？」

「人脈作りですよ、当然でしょう。では行ってきます」

「ちょ、待て！　許可した覚えは……」

「では、旦那様がこの貧困生活から抜け出るだけのお金をがっぽがっぽ稼いできて下さるのですね？」

「節約！」

ローザにそう言われ、エイドリアンはぐっと言葉に詰まる。それができるのなら苦労はしない。

着飾った背中に苦し紛れにそう叫んでも、返ってくるのはローザの冷たい一瞥《いちべつ》だ。

「だけでは足りません。では」

さっさと出ていってしまった。前途多難だ。

第五話　夢見る乙女

「姉上、どうか泣かないで」

「フィーリー……」

すんっとしゃくり上げ、セシルはぽろぽろと涙をこぼす。たった今読み終えたエイドリアンからの別れの手紙をぎゅっと握りしめた。

ここはランドルフ男爵邸にあるセシルの自室だ。白いレースのカーテンにピンク色の絨毯《じゅうたん》、白い家具でまとめられた部屋は可愛らしい。

「エイドリアンを愛しているの」

「分かっている」

弟のフィーリーは、そう言って姉のセシルを慰《なぐさ》める。

「別れたくなんかなかったわ。彼と結婚の約束をしていたのよ。あの女のせいよ。夜会の薔薇なんて言われているけど、魔性の女よ。男をたらし込む毒花よ。あんな女と一緒になったエイドリアンが可哀想。こんなの変よ。絶対おかしいわ。彼に愛されているのは私なのに。いなくなればいいのよ、あんな女……」

セシルは涙ながらに訴える。

フィーリーは、姉の長いストロベリーブロンドの髪を労《いたわ》るように撫《な》でた。フィーリーと同じ色の髪だ。双子ではないけれど、顔立ちもよく似ていると思う。

けれど性格は正反対かもしれない。

夢見がちな姉と違い、フィーリーは現実的だった。愛だの恋だのにうつつを抜かすことはない。

自分の結婚も、家の事情を真っ先に考えるだろう。

そんなフィーリーの目から見れば、莫大《ばくだい》な資産を持つローザ嬢を選んだバークレア伯爵の判断は正しいように思える。なにせ負債の額が半端ない。姉に彼との結婚を許した父親の判断にこそ、当時のフィーリーは眉をひそめたものだ。

バークレア伯爵家は名家だ。名前だけは誰もが知っている。

けれど、彼が抱える負債は巨額だった。弱小貴族のランドルフ男爵家ごときが背負えるものではない。その事実にあえて目をつぶりバークレア伯爵との結婚を認めた父親の判断は、今でもどうかと思う。結婚すれば姉が苦労するのは目に見えている。姉がそれに耐えられるかということも疑問だった。

姉のセシルは甘やかされて育った、それこそ箱入り娘だ。苦労を知らない。いつだって夢見がちで、バークレア伯爵を自分の王子様だと言って憚《はばか》らない。

――エイドリアンは優しくて、とっても素敵な人なの。私の王子様よ。

そう、確かに彼は優しくて誠実だ。それは否定しない。

だが、それだけで世の中を渡っていけるほど甘くはないと、フィーリーは思う。こうして悲しむ姉の様子は痛々しかったが、この方が姉のためには良かったのではないかと考えてしまう。

「そうだ、姉上。白薔薇の騎士は今年も優勝したようだね？」

フィーリーは努めて明るくそう言った。

白薔薇の騎士は、この国で行われる剣術大会で毎年優勝を果たしている、人気の女剣士だ。覆面をしているので素性は分からないが、見事な剣捌《けんさば》きで他の剣士達を手玉に取って圧勝する。凛々《りり》しくて素敵だと、特に女性からの人気が高い。握手を求めたファンの一人が「彼女から薔薇の香りがした」と言い出し、優雅な彼女の物腰と相まって、それ以降、彼女は「白薔薇の騎士」とそう呼ばれるようになった。

姉のセシルもまた彼女の大ファンだ。

彼女の話をするといつも元気になるのだが、今回ばかりは違った。そうねと、答えてうなだれる。

エイドリアンの事がどうしても頭から離れないらしい。

フィーリーはそっとため息をつく。そこへ、小さな弟のニコルが顔を出した。

「お姉ちゃま、ご本を読んで？」

そうおねだりするも、答える様子のない姉の悲しげな顔を見て、ニコルは怪訝《けげん》そうに眉を寄せた。

「……お姉ちゃま、なんで泣いているの？」

「なんでもないわ」

「貸してごらん、僕が読んであげるから」

絵本を手に取り、フィーリーが童話の文字を目で追い始める。「昔々あるところに」から始まるお伽話《とぎばなし》はいつでも美しい。若く美しい男女が恋をして、幸せになるお話だ。

けれど、決まってその恋を邪魔する悪が登場する。それが一層物語を美しく見せてくれるのだけれど、今のセシルはそれが気に入らないようで、顔をしかめた。

「意地悪な魔女が、私からエイドリアンを取り上げたの」

お伽話《とぎばなし》の美しさをなじるように、そう口にする。

「姉上」

フィーリーが眉をひそめる。幼い弟に聞かせるような話ではないと思ったのだ。けれどセシルの罵《のの》りは止まらない。

「ローザっていう伯爵夫人が、その悪い魔女なのよ。私からエイドリアンを取り上げたの。見た目は綺麗だけれど、心は恐ろしい毒花よ。物語の中の醜《みにく》い魔女そのものだわ。あの女がいる限り、私は彼とは結婚できないの。どうして真実の愛があんな女に負けるの？」

「……どうすればお姉ちゃまは結婚できるの？」

ニコルが無邪気に問うた。

「分からない……」

セシルが、すんっとしゃくり上げる。

「あの女がエイドリアンを諦めれば……いいえ、不貞でも働いて家から追い出されればいいんだわ。男をとっかえひっかえしてきたんだもの。きっとすぐにそうなるわよ。あんな女、修道院送りにでもなればいい」

「ふてい？」

憎々しげにそう言った。

「姉上」

フィーリーの叱責にもセシルはめげない。ぷいっとそっぽを向いてしまう。

「ふていってなあに？」

弟が無邪気に問うも、流石《さすが》にその意味をそのまま口にすることは憚《はばか》られたのだろう、セシルはかなり遠回しな表現を選んだ。

「そうね、若い男女が一つの部屋にいるのは良くないことなの。ローザという女が、他の若い男と一緒の部屋にいれば、不貞を働いたってことになって、きっとエイドリアンも愛想を尽かすはずよ」

「ふうん？　じゃあその、ローザって人と僕が一緒の部屋で遊べば、ふていになる？」

無邪気な弟の問いに、セシルは声を立てて笑った。

「そうね。ええ、そうなるかもね」

「じゃあ、僕がお姉ちゃまを助けてあげる」

「そうなの？　ニコルは優しいわね」

セシルが微笑む。ようやっと姉が笑ったので、フィーリーはやれやれというように頭を振り、その話題を終えた。

第六話　あきらめた方が賢明ですわ

「まあぁ、奥様、お綺麗ですわ」

侍女のテレサがそう言って褒め称《たた》えた。ローザは今、青い豪奢《ごうしゃ》なドレスと宝石で身を飾り立てている。鏡に向かって微笑みかければ、結婚前の夜会の薔薇がそこにいた。

ふふっ。さあ、戦闘開始よ。

ローザは気合いを入れ、手にした扇をパシンと打ち鳴らした。

女にとってお茶会は、情報交換と人脈作りの大切な場だ。貴族相手に商売をするなら、お茶会には積極的に参加した方がいい。うまくいけば大金を稼ぐことができる。

「……なんだ、その格好は」

玄関先で鉢合わせたエイドリアンに足を止められた。最近の彼はよく邸《やしき》にいて、こうして顔を合わせることが多い。ローザはエイドリアンをしげしげ眺める。美麗な顔は何やら複雑そうだ。

文句を言いたげですね、旦那様。でも言わせません。

ローザはつんっとすまして言う。

「お茶会に行くのですから、着飾るのは当然でしょう？」

「……茶会になど行く必要はない」

エイドリアンが、むくれたように言う。

「必要ありますとも。ああいったところは、お金のなる木ですからね」

「何？」

「人脈作りですよ、当然でしょう。では行ってきます」

「ちょ、待て！　許可した覚えは……」

「では、旦那様がこの貧困生活から抜け出るだけのお金をがっぽがっぽ稼いできて下さるのですね？」

ぐっと言葉に詰まるエイドリアンを見て、そこは嘘でも良いからできるって言うところでしょうと、ローザは思ってしまう。甲斐性なしに加えて、小心者という称号もあげましょうね、旦那様。

「節約！」

「だけでは足りません、では」

エイドリアンの言葉を完全に無視し、ローザは馬車に乗り込んで会場へ向かう。

節約だけでは、いつになったら目標額に達するのか分からない。こうして自由に動けるのも、三年が限度だろう。それ以上はきっと父が別の手段に出るはず……

ドリスデン伯爵邸は、美しく秀麗だった。潤沢な資金をつぎ込んで建てられた白亜《はくあ》の邸《やしき》は圧巻の迫力である。

確か、ドリスデン伯爵は美術品の収集家だったわね……

ローザは白く美しい建物を眺めた。

伯爵の趣味を反映してるってわけね。

目の前の建物はまさに美術品のように美しい。ドリスデン伯爵の愛娘マデリアナ嬢と懇意《こんい》にできれば、良い商売相手になるかもしれない。ローザはそう考え、ほくそ笑む。


ドリスデン伯爵家の執事に案内されてたどり着いた先は薔薇園だった。色とりどりの綺麗な薔薇が咲き誇っていて、そこにお茶の用意が調《ととの》えられた白いテーブルがしつらえられている。

既に集まっていた客人もまた花に喩《たと》えるべきか。これまた色鮮やかなドレスを着込んだ貴婦人達は、華やかで美しい。ローザが近付くと、今までさえずっていた令嬢達のおしゃべりがぴたりと止まった。どのご令嬢もこちらを見る眼差しが険悪である。

その視線にローザが戸惑う間もなく、ずいっと前へ出たのは、細身の赤毛の少女だった。

「あなたはバークレア伯爵夫人ですわね？　お噂はかねがね。わたくしはドットウェル子爵の娘、ベリンダ・ドットウェルですわ」

ベリンダは一応、淑女の礼をしてみせたものの、やはり友好的な雰囲気など欠片《かけら》もない。

確かベリンダ嬢は、旦那様の元婚約者であるセシル・ランドルフ男爵令嬢と懇意《こんい》にしていましたわね……

「小耳に挟んだのですけれど、バークレア伯爵夫人は、セシル嬢の婚約者だった方と結婚したそうですわね。本当のところはどうなのか、是非お聞かせいただけますかしら？」

ベリンダが憤然とそう言い切った。

ちらりとベリンダの後方を見ると、招待客の中に例の元婚約者であるセシル・ランドルフ男爵令嬢がいて、ローザは内心驚いてしまった。ストロベリーブロンドの長い髪に、たっぷりとしたフリル付きのドレスを身にまとった彼女は、相変わらず可愛らしい。まさか彼女と一緒に招待されるとは思っていなかった。自分と鉢合わせすれば、どうしたって騒動の元にしかならない。

それとも、ドリスデン伯爵令嬢は、そういったゴシップが好きなお嬢さんだったのかしら？　考えられなくはないけれど……あるいはセシル嬢の味方で、わたくしをやり玉に挙げようと画策したのかしら？

ローザが周囲を見渡すと、全員セシルと懇意《こんい》にしているお嬢さん達ばかりだ。自分の味方は一人もいない。ローザは再びセシルに視線を戻す。彼女の恨みがましげな目を見て、ローザは思わずため息を漏らした。

好きな男と結婚できず、この可愛らしいお嬢さんに恨まれてしまったのかしらね。けれど、わたくしには何もできませんもの。文句を言うのなら、お父様に言っていただきたいですわ。

「酷い人ね、あなたは……」

「たくさんの男に手を出した挙句、セシル嬢の婚約相手にまで手を出すなんて、恥ずかしくないんですか？」

集まった令嬢達が、口々にそう言ってローザに詰め寄った。

「お金の力で無理矢理結婚するなんて最低よ！」

「愛されてもいないくせに！」

「そうよ、そうよ」

「どうせすぐ捨てられるに決まってるわ！」

子供ですか、あなた方は。

低俗すぎる悪口に、ローザはむっとなった。

わたくしはこれでも伯爵夫人ということをお忘れでは？　マナーがなっていませんわね。一体どういう教育をされたのでしょう。わたくしの爵位は、ここにいる誰よりも高いんですのよ？　どうやら父が元平民ということで舐められているようですわね。

「お黙りなさい！」

ローザはぴしゃりと彼女達の声を遮《さえぎ》った。目に力を込めれば、誰もが気圧《けお》されたように後ろへ下がる。

「ぴーちくぱーちくと、騒々しいったら。さえずるだけなら誰にでもできますわ！　気骨を見せなさい、気骨を！　文句を言えるだけの働きをしたらどうですの？　やり方が汚いと言いますが、借金を踏み倒そうとするのは汚いことではないのですか！」

ローザが一喝すると、ベリンダが負けじと言い返した。

「だ、誰も踏み倒すなどとは！」

「期日を守れない、では、お話になりませんわね。それは約束の反故《ほご》にあたるのでは？」

そう言って睨《ね》め付けると、今度こそ、令嬢達はだんまりだ。ローザがパシンと手に扇を打ち付ければ、お嬢様方は面白いほど縮み上がった。

「……それを、待ってほしいと虫の良いお願いをし、叶わないとなるとこちらを罵倒《ばとう》。果たして間違っているのはどちらでしょうね？　わたくしとの結婚が嫌なら、お金を用意すれば良かっただけのことです。そうですとも。散々文句を言ったあなた方が、彼の借金を肩代わりして差し上げたらいかが？」

「そ、それは……」

誰もが目に見えて狼狽《うろた》え始める。

まぁ、無理でしょうね。それができるくらいなら、最初からそうしているでしょうし。

令嬢達が気まずそうに目配せし合う中、セシルが憤然と前へ進み出る。

「もっともらしい事を言わないで！　どんなに取り繕《つくろ》ったって、毒花は毒花よ！　あなたみたいな人にエイドリアンは似合わないわ！　彼を返して、返してちょうだい！　私の方がずっと彼を愛しているわ！」

「ええ、まぁ、それはそうでしょうね」

ローザはつい同意してしまう。

だって、わたくしはあんな甲斐性なし、好きでもなんでもありませんし。というより、うっとうしい。もらってくれるのなら、喜んで押し付けたいくらいです。

「皆さん、そこで何をしていらっしゃるの？」

振り返ると、そこには淡いブロンドに淡い水色の瞳の美しい貴婦人が立っていた。今回のお茶会の主催者、マデリアナ・ドリスデン伯爵令嬢である。マデリアナの気品のある顔立ちは、美しいけれど人形のような、そんな形容が不思議なほど似合ってしまう。顔立ちだけでなく、所作までもがどこか作り物めいて見えるからだ。

　ローザは微笑んだ。

　ふふっ、真打ち登場ですわね。

　マデリアナは楚々《そそ》とした仕草でローザの前に進み出ると、美しい所作で淑女の礼をしてみせた。

「初めまして、バークレア伯爵夫人。お噂はかねがね。わたくしはドリスデン伯爵が娘、マデリアナ・ドリスデンですわ。夜会の薔薇と称されるあなたに、こうしてお会いできる日を楽しみにしておりました」

　同じく淑女の礼を返しつつ、ローザも挨拶をする。

「丁寧なご挨拶、嬉しく思います。わたくしはバークレア伯爵の妻、ローザ・バークレアですわ。以後お見知りおきを」

「ふふふ、噂通りお美しい方ね」

　ローザもまた目を細めた。

「お褒めにあずかり光栄ですわ、ドリスデン伯爵令嬢」

「まぁ、堅苦しい。どうか、マデリアナと」

「では、マデリアナ嬢。この度はお茶会にご招待して下さり、ありがとうございます」

「あら、感謝して下さるの？　彼女達に虐められていたのではなくて？」

　ちらりとマデリアナに視線を投げかけられた令嬢達の顔が、さあっと青ざめた。目に見えて狼狽《うろた》えているのが分かる。

あら？　彼女達をけしかけたのはマデリアナ嬢ではないのかしら？

そんな疑惑がローザの脳裏を掠《かす》めたが、あえて追求はせず、柔らかく微笑んだ。

「いえ、それほどでは。素敵ですわね。セシル嬢はバークレア伯爵を純粋に愛してらっしゃるようですし、できれば彼を返して差し上げたいと、そう思っておりますが……」

ローザの発言を耳にしたベリンダが目を剥《む》いた。

「嘘おっしゃい！」

すると、眉をひそめたマデリアナがローザの腕を取り、さも親しげな格好でローザをかばった。

「まぁ、なんてことを言うの？　彼女はわたくしのお友達ですわ。無礼は許しません！」

その様子にベリンダを含めた他の令嬢達は狼狽《うろた》えるが、当のローザもまた、彼女の言動に引っかかりを覚え、内心眉をひそめてしまう。

このわたくしが友人、ですか？　そう言ってくれるのはありがたいですが、これは何か裏がありそうですわね……

ローザはそう思う。

どことなくマデリアナの所作を芝居臭く感じたのだ。そう、友情を演出する、そんな風に見えたのである。彼女の純粋さ、素直さが、どこか作り物めいているのと同じように……

「申し訳ございません」

「お見苦しい真似を……」

令嬢達が恐縮した様子で謝った。流石《さすが》、由緒正しいドリスデン伯爵家の令嬢を相手にしているだけあって、誰もが礼儀正しい。自分の時とは態度がまるで違う。

「さ、どうぞ、こちらへお座りになって」

マデリアナに勧められるまま、ローザはお茶の準備がされたテーブルにつき、他の令嬢達もそれに倣《なら》った。

「ね、皆さん、今回は青い薔薇を飾ってみましたの。いかがかしら？」

マデリアナが上機嫌でテーブルに飾られた青い薔薇を指し示す。

「ええ、綺麗だわ」

「とても素敵ですわね」

令嬢達が口々に褒め称《たた》えた。白薔薇を染色したものだが確かに美しい。

「ふふ、知っているかしら？　これと同じ名前の香水があるそうよ？」

マデリアナが楽しげに笑い、ローザもまた微笑んだ。

ええ、そうね、知っているわ。わたくしが今つけている香水がそうだもの。

「でも、その香水は人気商品で、どうしても手に入らないの。融通して下さる方がいたら嬉しいわ。わたくしはその方にとっても感謝してよ？」

マデリアナがちらりとローザに意味ありげな視線を送り、その意味に気が付いたローザは、くすりと笑った。

あらあら、そういうこと。同じ香水を都合してほしいと、暗にそう言っているのね。

確かにこれを手に入れるのは難しい。この香水は稀少で、滅多に手に入らないのだ。自分は父親が握っている裏ルートを利用したからこそ、こうしてつけているのである。

「わたくしが融通してもよろしくてよ」

ローザが快く了承すると、マデリアナはぱっと顔を輝かせる。

「まぁ、嬉しい。あなたのような友人がいて、わたくしは幸せだわ」

マデリアナがそう言うと、他の令嬢達がそわそわと顔を見合わせた。

ローザを友人として扱うマデリアナの態度に危機感を覚えたのだろう。先程まで険悪ムードだったセシルの友人達が一転、ローザに対しおべっかを使い始めたのだ。

「そ、そうですわね。ローザ夫人はとても素敵ですわ」

「こ、こんな風に彼女とご一緒できて光栄です」

令嬢達は互いに目配せし合い、誰もが媚《こ》びるような笑みを浮かべてみせる。

今や状況は一変していた。マデリアナがローザの側《がわ》についたことで、セシルに味方をしていたはずの令嬢達までもがローザの味方に回ったのである。

なるほど……

ローザは今回のマデリアナの人選の意図に気がつき、感心してしまった。

由緒ある伯爵家の娘のマデリアナが、公然と友人だと認めた相手を無下に扱う者はいない。こうしてセシルに与《くみ》する者達の悪意を消すことで、ローザに対して恩を売る。稀少な香水を融通してもらうための根回し、というわけだ。そう、欲しいものを確実に手に入れるために……

ローザは艶《あで》やかに笑う。

面白い、そう思った。自分は貪欲な人間は嫌いではない。そして頭の切れる人間も……

流石《さすが》名家のお嬢様ね。これは良い取引相手になりそう。

「他に何か欲しい物があれば、その時は是非声をかけて下さいませ、マデリアナ嬢。もしかしたらお力になれるかもしれませんわ。懇意《こんい》にしている商人がおりますの」

「まぁ、頼もしいのね。ええ、もちろんそうさせていただくわ」

マデリアナが満足げに笑った。無邪気な微笑みの裏に、貴族特有の計算高い顔を隠して。

「そうそう、白薔薇の騎士様は今年も優勝なさいましたわね？」

お茶会に招かれた令嬢の一人が、嬉しそうに話題を変えた。

「ええ、わたくしも観戦いたしましたわ。とても素敵でした」

「本当、男でしたら結婚したいくらいですわね」

「あら、女でも結婚できるのなら……」

そんな恋バナに花を咲かせ、令嬢達がほほほと笑い合う。

「マデリアナ嬢は？」

マデリアナは、人形めいた美しい顔をほんの少し傾けてみせた。やはりその仕草も作り物のよう。

「ええ、わたくしも観戦しましたわ。毎回彼女のスケッチを描いていますの」

「あら、マデリアナ嬢は絵をお描きになるんですの？」

「ふふ、ほんの嗜《たしな》む程度ですけれど」

マデリアナはそう答えて、ふっとローザに微笑みかける。

「そうそう、白薔薇の騎士は、あなたに似ていますわね？」

マデリアナの指摘に、ローザはどきりとなった。どうしてバレたんだろう？　そんな思いで、ローザはさりげなくカップを傾ける。

顔は覆面で隠しているし、声音も変えている……

剣の腕を磨くために毎年剣術大会に出場してはいるが、今はまだ夜会の薔薇としてのイメージを崩すわけにはいかない。人脈作りには淑女の仮面が必要なのだ。優雅におしとやかに。それが基本である。

一方、マデリアナの指摘に、他の令嬢達が凍り付いた。

「あ、あの、凜々《りり》しいあの方と、その、妖艶《ようえん》なローザ嬢のどこが……」

全く似ていませんわと言いたげな令嬢達に向かって、マデリアナがにっこりと笑った。

「骨格ですわ。よく似ています」

けろりとそう言ってのける。

骨格……それで人の識別ができるって、凄くありませんこと？

ローザは心の中で突っ込んだ。マデリアナの特異な才能を見た気分だった。

「やめてよ！　似てなんかいないわ！　酷い侮辱《ぶじょく》よ！」

突如そう声を荒らげたのは、セシルだった。顔を真っ赤にしてぷるぷると震えている。

「白薔薇の騎士様は品行方正な方よ！　優しくて優雅で凜々《りり》しいの！　腹黒いあなたとは似ても似

つかないわ！　ふしだらで男癖の悪いあなたになんか、ちっとも……」

「セ、セシル嬢！」

「あ、あの、おやめになった方がよろしくてよ？」

他の令嬢達が必死になってセシルを止める。ドリスデン伯爵家の娘を怒らせても、なんら良いことはない、そう言いたげだ。

しかし、セシルの怒りは止まらなかったようで、不意にカップを手に立ち上がる。そして、その中身をローザにかけようと動いた。いち早く気が付いたローザが、扇でカップを叩き落としたけれど……

しんと周囲が静まりかえる。

セシルの手から叩き落とされたカップの中身が、白いテーブルクロスに茶色い染みを作っている。ローザの動きが鮮やかすぎて、何が起こったのか、周囲の者達には理解できなかったようだ。

動きを止めた令嬢達と、カップを叩き落とされた体勢のまま呆然と立ち尽くすセシルを前に、ただ一人、ローザはしまったと思う。長年の染みついた習慣だった。攻撃にはとっさに防御する癖が付いている。これではどうしたって白薔薇の騎士を彷彿《ほうふつ》とさせてしまうではないか。

静寂を破ったのはマデリアナだった。

「……紅茶は飲むものであって、人にかけるものではありませんわ」

そう言って、穏やかにセシルの行為を非難した。どうやらローザと同じく、マデリアナもまた、セシルが何をしようとしたのか察していたようである。令嬢達に動揺が走った。

「え？　セシル嬢？」

「まさか……」

「だ、だって！　酷い侮辱《ぶじょく》で……」

セシルの言い訳は、やはりマデリアナによって遮《さえぎ》られる。

「セシル嬢は、もう少し礼儀というものを学ばれてはいかが？　流石《さすが》に子供っぽすぎますもの。癇《かん》癪《しゃく》を起こして暴力行為に及ぶ……子供なら目こぼしされたとしても、大人の世界でそれは許されないと思いますわ？」

マデリアナの笑う顔はやはり優雅で美しい。それでいながら怒気を感じさせるのは流石《さすが》と言えた。

「セシル嬢、あの、謝った方が……」

小声で謝罪を促すベリンダに、セシルはまなじりを吊り上げ、食ってかかる。

「嫌よ、な、なんで私が！　あなたまであんな女の味方をするの？　酷いわ！」

あくまで自分は悪くはないと言い張るセシルに、周囲の者達は手を焼いた。必死でベリンダが宥《なだ》めても、セシルは子供のようにむくれたままだ。知らない、嫌い、みんな意地悪だわを繰り返す。

やがて、お茶会がお開きになると、馬車停めまで案内された令嬢達は、迎えに来た従者と共にそそくさと帰っていった。誰一人セシルを気にかける者はいない。どうやら紅茶の一件で、彼女との決別が決定的となったようだ。

ぽつんと一人残されたセシルは、悔しげに唇を噛む。

迎えに来たランドルフ男爵家の従者の呼びかけにも反応しない。

「……私は諦めないわ」

セシルの呟きを耳にしたローザはため息をつき、御者のトーマスに待ってもらうことにする。

「ねぇ、可愛らしいお嬢さん？」

ローザはセシルにそう声をかけた。

「あなたがバークレア伯爵を愛しているのは分かるけれども、我《わ》が儘《まま》が過ぎるのは親を困らせるだけよ？　あなたの身に何かあれば、ご両親が悲しむでしょう？　他に良いお相手を見つけて、結婚して、幸せにおなりなさいな？」

セシルが顔を上げ、きっとローザを睨み付ける。

「やめてよ！　知った風な口を利かないで！　ごろつきを雇って私を襲わせたくせに！　卑怯よ！　汚いわ！　あなたのような人の言いなりになんかなるものですか！　私はエイドリアンを愛しているの！　負けたりなんかしないわ！　絶対最後には、真実の愛が勝つんだからぁあああ！」

これだからお子ちゃまは……いえ、まぁ、純粋でようございました、と言っておきましょうか。箱入り娘にも程がありますわね。処置なしです。

ローザはさじを投げ、やけくそ気味に言った。

「やったのはわたくしではありませんが、ああ、もう……どう言えば引き下がってもらえるのかしらねぇ。借金は払えない、でも一緒になりたい、そう駄々をこねるのなら、お二人で駆け落ちでもしたらどうですか？　家族も貴族の責務も全て捨てて、平民として生きていけばいいのでは？　そうすれば、ほら、愛する人と一緒にいられるわ」

苦労するのは目に見えていますけど。

ローザは心の中でそう付け加える。

「全てを捨てる……」

セシルは虚を突かれたような顔をし、おうむ返しに呟いた。

「ええ、そうよ。全部綺麗さっぱりと。幸せになれるとは限りませんけれど」

「いいえ、いいえ！　エイドリアンがいれば、絶対に幸せになれるわ！　そうよ、そうすればいいんだわ！」

セシルは嬉々としてそう言い切った。まさか賛成するとは思わず、ローザは少しばかり驚く。

あらあら本気？　大丈夫かしらね？　過酷な生活で不仲になる夫婦なんてたくさんいるというのに……。平民として暮らすって、貴族のお嬢様には想像以上に大変だと思うけれど、まぁ、どうしてもと言うのならがんばってちょうだい。

ローザは立ち去りがてら、最後に付け加えた。

「あ、それから先に忠告しておきますけど、父の刺客が後を追うはずですから、ひと所に落ち着かないことですわ。転々と移動なさいまし。では、失礼させていただきますわね。ご機嫌よう」

背を向け、歩き出したローザを、セシルが慌てたように引き留める。

「え？　ちょ、な、何、その、刺客って！」

ローザはさも当然のように答えた。

「あらあ。だって、バークレア伯爵と駆け落ちなんかしたら、父の怒りを買いますもの。あの父の不興を買えば、それはもう、死ねと罵《ののし》られるのと同義ですから。暗殺を生業《なりわい》とする組織に依頼が入ってしまいます」

「はい？　え？」

「がんばって逃げて下さいね？　家から金目の物を持ち出して、それを売りながら逃げまくるといいですよ？　では、お元気で。お幸せに」

「待って、待って、待って！　殺し屋が追ってくるってことなの？　捕まえに来るというのなら分かりますが、殺すこと前提ですか⁉」

「父の不興を買えばそうなります」

「あなたのお父様、頭おかしくないですか？」

まぁ、失礼な。でも当たっているかもしれませんね。普通ではありませんから。

「あなたが今相手にしているのは、はい、そういう人です。心して下さい。下手に逆らうと、殺されます。比喩ではありません。特にあなたは、既に一度脅されていますよね？　あれ、最大限の譲歩です。温情です。父にしてはもの凄く優しくしてくれました。それを無視すれば、怒りは倍化しますので、えー……この先の想像は放棄します。がんばって？」

「いやあああ！　がんばれません！」

セシルはもう涙目だ。

「大丈夫、愛があれば二人一緒に串刺しになっても――」

「良くありません！　その発想やめて下さい！　あなたはエイドリアンを愛しているんじゃないん

ですか？　なんとかして下さい！」

「できません。彼を愛してもいませんし」

「え」

「政略結婚ですから。わたくしの意志はまるっと無視されています。全て父の意向です。わたくしの意志は欠片《かけら》も反映されていませんので、あしからず」

ローザが身を翻《ひるがえ》すと、セシルはぺたんとその場にへたり込んだ。

放心したようなセシルを肩越しに眺め、逃亡前の忠告でへこたれるようなら諦めた方がいいのでは？　とそんな風に思う。普通の結婚の方が絶対幸せになれますよ、とも。

第七話　金色の高笑い

エイドリアンは食事をしながら、ちらりと妻であるローザの顔を見た。

そう、ローザは自分の妻だ。妻なのだが……初っ端からつまずき、なんとも気まずい。

そもそも、初夜での出来事をまだ謝れてすらいないから、関係がどうしてもぎくしゃくしてしまう。話しかけることすら、こうして躊躇してしまう有様だ。

謝罪の品を用意できていないから、というのはやはり言い訳ではないか？　エイドリアンはそんな風にも思う。謝罪の品がなければ自分の立つ瀬がない、そんな理由である。結局、こうした行動全てが、自分本位にも思えてしまう。

——お前ほど醜《みにく》い女はいないな。

駄目だ、よくあんな事が言えたな……

しかも新妻を寝室に置き去りにした。思い出すたびに自分の行動に身もだえしそうになる。今更ながら、後悔しかない。

ちらりと目をやったローザの横顔は、文句なしに美しい。夜会の薔薇とはよく言ったものだ。薔薇のように華やかな容姿の彼女にぴったりの渾名《あだな》だとエイドリアンは思う。そのことだけが救いだった。これで本当に容姿が醜《みにく》かったら、それこそ土下座しなければならないところだった。

「あー、その……」

エイドリアンはそわそわと声をかけるも、ローザの碧《あお》い瞳と目が合うと、ふいっと逸らしてしまう。

だ、か、ら！　何故目を逸らす！　十代の若造じゃあるまいし！

だんだんとテーブルを叩きたくなってしまう。

「なんですの？」

「……その、食事はうまいか？」

ごほんと咳払いをして誤魔化した。

トニーが張り切って料理を作っている。少ない予算で美味しい物を、と工夫した結果が随所に出ていると思うが……

「ええ、とても」

「そうか。それは良かった」

無理矢理笑ってみせると、ローザが目を見張ったような気がした。

「なんだ？」

「いえ、笑えるんですのね、旦那様」

ローザの言葉に、エイドリアンはぽかんとなってしまう。

「それくらいは当たり前――」

「では、ありません。しかめっ面しか見たことありませんもの」

はい？　え？　あ！　そういえば……

エイドリアンははたと気がつく。

よくよく考えてみると、ローザの前では笑っていない。ずっと不機嫌だったから、その悪感情のまま、しかめっ面をしていたような……。まずい、これはひたすらまずい……

「すまない……その、もう少し笑うようにする」

どうしても目が泳いでしまう。

「あら、お気遣いありがとうございます」

ローザを見るといつもの微笑みで、エイドリアンは複雑な心境になった。

「……お前はいつも笑っているな、どうしてだ？」

何故怒らないのか。そんなエイドリアンの質問に、ローザは困ったように笑った。

「どうしてと言われましても」

「私が罵倒《ばとう》しても、いや、君は何をしてもいつも笑っている。余裕の態度が崩れないのは何故だ？」

ローザはふわりと微笑んだ。

「旦那様は、わたくしの怒った顔が見たいんですの？」

「いや、そうではないが……不思議だと思って。腹が立たないのか？」

「あら、そんな事はございませんわ。もちろん怒る事もございます。ただ、顔に出さないだけですわ」

「何故？」

「必要だからです。あらあら、本当に分かっていらっしゃらないのね」

微笑んだまま、ローザが呆れた様子でカトラリーを置く。

「旦那様、仮に陛下の御前に出たとしましょう。陛下のお言葉が腹立たしいものであった場合、陛下と喧嘩なさいますか？」

「するわけがない」

「不愉快な気持ちをそのまま出しますか？」

「出したら首が飛ぶ」

「でしょうね。分かっていらっしゃるじゃありませんの」

怪訝《けげん》な顔をするエイドリアンに向かって、ローザは続けた。

「笑顔の仮面は、自分の身を守るためのものです。旦那様はそれを必要としない地位にいた。あ

るいは周囲の者達が守って下さっていたのでしょうね。では、そういった壁のないわたくしのような女は、どのように生きることが望ましいでしょうね？　悪感情のままに振る舞いますか？　ふふ、それでは多くの敵を作ってしまいますわね。ではどうすれば、他者との軋轢《あつれき》を回避し、自分の身を守ることができると思いますか？」

「……喧嘩にならないように立ち回る？」

「その通りでございます。無用な対立は避けなければなりません。笑顔は貴族にとって、基本中の基本ですわ、旦那様。必要な処世術ですのよ？」

「……私はそれすらできない大馬鹿者ってことか……」

エイドリアンがそう言うと、ローザはまたまた意外そうな顔をした。

「なんだ？」

ローザがふっと相好《そうごう》を崩す。

「いいえ、旦那様は本当に素直な方なのですね」

「それは褒めているのか？」

ついむっとすると、またもローザに笑われてしまう。

「ああ、ほら。言った傍から、また眉間に皺《しわ》が。全部顔に出ていますわよ？」

そう指摘され、エイドリアンが慌てて眉間の皺《しわ》をなくすと、ローザがさらに笑う。コロコロと笑うローザの顔がなんだか可愛らしくて、つい、エイドリアンも一緒になって笑ってしまった。

ははは、こういうのも悪くない。

「マンマ」

「はいはい、抱っこですか？　その前にもう少し食べましょうね」

隣に座る甥《おい》をあやす姿に、エイドリアンは目を細めてしまう。

なんとも微笑ましい光景だ。そうだ、悪くない。いつの日かこんな風に彼女に子供ができれば――

そこで、はたと気がつく。

ローザに子供ができるわけがないわ、この、ぼけぇぇぇええええ！

エイドリアンは、自分で自分に突っ込んだ。

初夜を放棄してからこっち、ずーっと寝室は別だ。そんな状態でどうしろと？

ローザの聖母のような微笑みを見やり、エイドリアンの背にたらりと冷や汗が流れる。前途多難。

その言葉を今ほど実感したことはないエイドリアンであった。まぁ、自業自得とも言う。

◇◇◇

「おや、伯爵夫人、ようこそお越し下さいました」

ワイン倉の管理長フレドが愛想良く笑った。小柄で品の良い老人である。

ローザがやってきたのはバークレア伯爵家が所有する葡萄畑《ぶどう》だ。王都にほど近い場所にあるので、

ちょくちょく顔を出す彼女は既に顔なじみである。

「本日のご用件は？」

「新しい顧客リストを持ってきましたの。それと、先週の売上票をお願いね？」

「はい、かしこまりました。少々お待ち下さい。おい、皆、伯爵夫人がお見えになったぞ！」

フレドがそう声をかけると、忙しく立ち働いていた従業員達がわらわらと集まってきた。

「やあ、これは伯爵夫人」

「お元気そうで何よりです」

「ワインの試飲はいかがですか？」

従業員の一人が愛想良くそう申し出た。勉強熱心なローザに触発された従業員達が、こうして日々、ワインの品質向上を目指してくれている。

「ありがとう、いただくわ」

差し出されたワインを口にし、ローザは満足げに笑った。悪くない出来だと思う。品質向上に力を入れたのが功を奏したらしい。客の評判も上々だ。この分で行くと、売り上げはもっと伸びるだろう。

「トーマス、あなたもいかが？」

「へえ、これはすまんこってす」

御者のトーマスが欠けた歯を見せ、にっと笑った。フレドから受けたワインの売り上げ報告もまずまずで、上機嫌でローザはその場を後にしたのだが――その帰り道で馬車が派手に横転し、困った事態となった。

「奥様！　大丈夫ですか！」

御者台から放り出され、泥だらけになった御者のトーマスが、馬車の扉を開けてくれた。ローザが外へ出てみると、なんと馬車の車輪が破損している。

おやまぁ、流石《さすが》ぼろ。

馬車の整備はまめにトーマスがしていたはずだが、それでも限界だったのだろう。

周囲を見回しても、困ったことに自分達以外は誰もいない。ずっと先まで続く道の先にも人影はなし。その上、雲行きが怪しくなり、ポツポツと雨が降り出した。

ローザは顔をしかめる。

もしかして旦那様の呪いでしょうか？　でも、ワインの収益を伸ばしているわたくしの働きを、少しは慮《おもんぱか》ってくれても良いと思いますわ。

「馬は……」

「申し訳ございません、逃げてしまいました」

トーマスが身を縮める。先程、自分の手を振りきって逃げてしまったそう。

あら、まぁ。よほど驚いたのね。仕方がありません、歩いて帰りましょうか。

ローザがそう提案すると、トーマスが恐る恐る言った。

「……王都まで歩かれるのですか？」

「それ以外の移動手段がありますか？」

通りかかる馬車もない。途中で民家があればそこで馬を調達しましょうとローザが告げると、トーマスが遠慮がちに口を開く。

「奥様、雨がやむまで木の下で休みませんか？」

どうやらトーマスは足を痛めたようで、歩くのも辛そうだった。

あらあらこれは……酷くならないといいですけれど……

とりあえず休もうと木の下まで移動し、トーマスと肩を並べて雨がやむのを待つことにする。その間に、応急処置として、持っていたハンカチでトーマスの患部を縛った。

「奥様、本当に申し訳ねぇです」

「仕方がないわ。新しい馬車を用意するお金がなかったのでしょう？」

「……本当に申し訳ない」

老齢のトーマスはひたすら身を縮めた。

しとしとと雨が降り続き、ハイエナのような野盗達が姿を現したのは、それからまもなくのこと。

どうやら悪い事は重なるものらしい。

「ひ、ひいぃ！　お、奥様ぁ！」

人相風体《ふうてい》の悪い男達に囲まれて、御者のトーマスは恐れおののいたが、ローザはふっと不敵に笑う。野盗などにひるむような柔《やわ》な育てられ方はしていない。

ほーっほっほっほっ！　全員まとめて成敗して差し上げますわぁ！

ローザは心の中で余裕の高笑いだ。

「よう、姉ちゃん。有り金全部出しな。……いや、なくてもお前さん自身が商品になるから大丈夫だ」

ローザを取り囲んだ野盗達が、ゲラゲラと下卑《げび》た笑い声を上げるも、ローザの余裕は崩れない。

「ほーっほっほっほっ！　甘いですわぁ！　返り討ちにして差し上げます！」

これでいつものように扇を持たせれば、まるで女王様である。

「へえ？　この状況で笑えるとは、良い度胸――」

野盗達の嘲笑が途切れた。先手必勝、ローザが動き、眼前の野盗に拳をぶち込んだからである。

「なっ⁉」

仲間がやられた光景に誰もが驚き、あんぐりと口を開けた。一方、倒れた野盗の手から剣を奪い取ったローザは、追い打ちとばかりに伏したその背をハイヒールでぐりぐりと踏みつける。

「ほーっほっほっほっ！　ざまぁあそばせ！　油断大敵ですわぁ！」

その光景に、他の野盗達は目を剥《む》き、いきり立った。

「この、アマ！」

「やっちまえ！」

襲いかかってきた野盗達を、ローザは軽々とあしらった。手にした剣で野盗達の剣を弾き飛ばし、当て身で気絶させる。幾ばくも経たないうちに、野盗達は全て返り討ちだ。

ただ一つ父親の教えと違うのは、全員生きているということだろうか……

父であるドルシア子爵なら全員殺せと言うのだろうけれど、流石《さすが》に父のようにはなりたくない。

ローザはそう考える。そう、父のようにはなりたくない、絶対に……

雨がやむと、風になびくローザの金の髪がきらきらと輝いた。日の光の結晶のように。

「あんれまぁ、驚いた。奥様……お強かったんですなぁ……」

御者のトーマスがぽかんと口を開け、ぽつりと呟いた。ごろごろ転がった野盗達を前に、感心しきりである。

「まるで白薔薇の騎士のよう――」

「さあ！　行きますわよ、トーマス！」

ローザはトーマスの言葉を途中で遮《さえぎ》り、ほほほと笑う。

思わず地が出てしまいましたわ。危ない、危ない。優雅に、おしとやかに、と……

その後、トーマスを伴って移動を開始したものの、やはり彼は足を引きずっている。相当痛むらしい。

「……わたくしが背負った方が良さそうね」

ローザがしゃがんで背を差し出すと、トーマスは仰天《ぎょうてん》したようだ。

「と、とんでもねぇ！」

ローザは尻込みするトーマスの尻を叩く。

「早くなさい！　このわたくしを二度も野盗の危険にさらすつもりですか！」

仲間がやってくる危険を示唆《しさ》してローザが一喝すると、トーマスはひぃぃっと飛び跳ね、ようようローザの背におぶさった。トーマスを背負ったローザはすっくと立ち上がる。

さあ、行きますわよ！　全力疾走ですわ！

ドレスの裾《すそ》をつまみ、ローザが勢い良く走り始める。

「は、はや、はやい！」

「まだまだですわぁ！」

調子に乗って、ローザはぐんっとスピードを上げる。

「お、奥様、大丈夫ですか？　無理をなさらないで下さい！」

「ほーっほっほっほっ！　こんなもの屁《へ》でもありませんわぁ！　幼い頃、父に森に置き去りにされて、熊に追いかけ回されたこともありますのよ！　必死で逃げ回りました！　それに比べれば全然軽いですわ！」

「はいぃ？　そ、そんな経験が!?」

「まだまだありますわぁ！　あのくそ狸《だぬき》……いえ、父には辛酸《しんさん》を山ほど嘗《な》めさせられましたから！　少々のことではへこたれませんことよ！」

「そ、それは頼もしい？」

トーマスが目を白黒させる。泥水を撥《は》ね上げて高笑いを響かせ猛スピードで走る貴婦人が、周囲の人間にどのように見えるのか……はっきり言って異様である。

◇◇◇

邸《やしき》に戻ってきた無人の馬を目にしたエイドリアンは仰天《ぎょうてん》した。

「な、何があった？」

馬に聞いたところで分かるわけがないのだが、何かが起こったのだと判断したエイドリアンは、すぐさまローザが訪ねたであろうワイン倉へ馬を走らせた。この判断は賢明である。

が、王都から幾ばくも行かぬうちに、エイドリアンは道の向こうからこちらへ走ってくる貴婦人を目にすることになった。キラキラと輝く金の髪……どう見てもローザだ。

エイドリアンは思わず二度見してしまう。いや三度見したかもしれない。

ローザ、だよな？

老人を背負ったドレス姿の貴婦人が突っ走る光景を見る機会など、まずもってない。しかも尋常じゃないスピードだ。エイドリアンが馬の手綱を引けば、すぐ傍で足を止めたローザがにここと笑った。

「まあぁ、旦那様。助かりましたわ！　役に立つこともありますのね！」

ローザの一言で、エイドリアンはむっとなった。やはり眉間に皺《しわ》が寄ってしまう。

「……一言余計だ」

ローザが無事であったことにほっとしたものの、役立たずと言われたようで面白くない。

「トーマスが足をくじいておりますの。馬に乗せてあげて下さいな」

ローザがにこやかに言う。

「足を？　一体何があった？」

「馬車の車輪が破損して、横転しました。あれはもう使えませんわ。新しい馬車を購入して下さいませ」

「そ、それでそんなに泥まみれに？」

「これは、まぁ、雨上がりの道を走ったからですわ」

「歩けば……いや、ワイン倉のある葡萄畑《ぶどう》から、ここまで走ってきたのか？」

「いえ、道半分というところでしょうか？」

道半分でもかなりある。

「一体どういう体力をしているんだ、君は……」

エイドリアンが呆れたように言うが、ローザはほーっほっほっほっと余裕の高笑いだ。

「淑女の嗜《たしな》みですわぁ」

エイドリアンはげっそりした顔で首を横に振った。

「いや違う、絶対違う。お前の体力は本当に、どうなっている？　絶対規格外だ」

「あら、失礼な。とにかく彼を乗せてあげて下さいな」

「……お前も馬に乗れ」

トーマスを馬に乗せたエイドリアンが、ローザにそう告げる。

「あら、お優しいこと」

ローザはコロコロと笑い、大人しく鞍《くら》に収まった。エイドリアンが馬の手綱を引いて歩き出すと、道々、御者のトーマスがローザを褒めちぎる。

「旦那様、奥様は本当にお優しい方ですなぁ。馬車を横転させてしまったあっしを責めることなく、労《いたわ》って下さった。足をくじいたあっしを、ここまでおぶって下さったんです。感謝に堪《た》えません」

「……そうか」

感涙にむせぶトーマスに、エイドリアンはそう答えた。なんとも言い様がない。

ローザが優しい女だと、言われなくても既に分かっている。なのに私は今、何をやっているんだろうな？

エイドリアンは重い重いため息を漏らした。

第八話　他人のそら似

「奥様、お綺麗ですわ。旦那様がお待ちかねです」

着替えを手伝った侍女のテレサはそう褒めるが、ローザは「そうかしら？」と首を傾げてしまう。

紫の豪奢《ごうしゃ》なドレスとダイヤの装飾品で着飾った自分を見て、テレサはエイドリアンが喜ぶと言いたいらしいけれど、自分が彼の好みでないことは既に分かっている。あの朴念仁《ぼくねんじん》ではお世辞を言う、という事も期待できそうにない。

まぁ、部屋の外で随分《ずいぶん》と待たされて腹を立てている、というところかしらね？

ローザはそんな風に考える。

これから国王夫妻主催の夜会に夫婦揃って出かけるところだ。

身支度が終わって部屋のドアを開けると、そこには黒の夜会服に身を包んだエイドリアンが待っていた。相変わらず見栄えのする男だ。背がすらりと高く、黒髪に黒い瞳の端整な面立ちは、ふわりと柔らかい。エイドリアンの美貌には人の良さがにじみ出ている。いつものように、しかめっ面でさえなければ……いえ、今はしかめっ面、ではありませんわね。

ローザはエイドリアンの顔をしげしげと見てしまう。

珍しく、しかめっ面ではないけれど、笑顔でもない。どちらかといえば間抜けなお顔ですわ。呆けていませんか？　旦那様。もうちょっと引き締めないと、せっかくの美貌が台無しですわよ？

「旦那様？」

ローザが呼びかけると、はっと我に返ったようにエイドリアンが背筋を伸ばす。

「あ、ああ、行こうか」

エイドリアンは軽く咳払いをし、腕を差し出した。ローザはくすりと笑う。

あら、ちゃんとエスコートして下さるのね。ここは合格ですわ。

ローザは差し出された腕にそっと手を添えた。

「その……ドレス、よく似合っている。綺麗だ」

歩きながらエイドリアンがそんな事を口にし、ローザは失笑しそうになる。

あらぁ？　お世辞もきちんと言えるようになったのね。そうそう、パートナーの装いを褒めるのも大事ですわよ、旦那様。釣った魚に餌をやらないのは悪手ですわ。捨てられないように努力しないと、愛想を尽かした女は怖いですからね。

「ありがとう、嬉しいわ」

ローザはふわりと微笑んだ。

馬車を走らせ、揃って夜会会場へ向かう。

今回の夜会会場は王城だ。城内の廊下をエイドリアンにエスコートされて歩いていたローザは、ふと立ち止まった。壁に飾られていた肖像画が気になったのだ。

「どうした？」

エイドリアンが同じように足を止める。

そこにあるのは前国王の肖像画だったが、ローザが気になったのはその隣に描かれた人物である。

誰だろう？　父に似ている——ローザはそんな風に思った。

「その絵が気に入ったのか？」

エイドリアンにそう問われ、ローザは首を横に振る。

「いえ、全然」

気に入るわけがない。あの狸《たぬき》親父に似ている人物など。

「父の素顔に似ていますわ、この方。ですから、全くもって気に入りません。彼は誰ですの？」

ローザが指し示した前国王の横に立つ人物は、黒髪に緑の瞳をもつ美男子だった。

そう、ローザの父親であるドルシア子爵もまた、この絵のように美麗な顔立ちをしており、娘の目から見ても、ぞくりとするような色気と魅力があった。おそらく、素顔をさらして歩けば多くの女性を引きつけるだろう。とはいえ、大抵は顔の上半分を覆《おお》う仮面を着けているのだが。

それでついた渾名《あだな》が『仮面卿』だ。

何故仮面を着けているのかと問われると、ドルシア子爵は決まって醜《みにく》い火傷《やけど》の痕《あと》があるからだと答えるが、火傷《やけど》の痕《あと》など大したことはない。ほんの少し、そう、目立たない部分に火傷《やけど》の痕《あと》らしきものがあるだけ。

だからだろう、ドルシア子爵はローザと二人っきりの時は仮面を取っている。額にある微《かす》かな傷《きず》痕《あと》など気にしているようには見えない。けれど、ローザはあえてそれに触れたことはない。突っ込んで問いただして、父親の不興を買えば面白くないことになるからだ。

「あー……オーギュスト・ルルーシュ・リンドルンだ。前国王の第一王子だよ。本来なら国王になるべき人物だったけれど……」

「ああ、確か、謀反《むほん》の罪で処刑されたんでしたわね？」

そう、息子であった第一王子の手によって、前国王は殺された。

父親殺し。そういった汚名ゆえに第一王子の話はタブーとなっていて、ローザや同じ年頃の若い者達は彼の顔を知らない。肖像画も全部処分されたと聞く。でも、前国王と並んだこの絵だけは残されたようだ。

「オーギュスト・ルルーシュ・リンドルンの奥方だった女性が実は『滅びの魔女』だった、なんて噂も当時はあったらしい」

エイドリアンがそう言い添えると、ローザは眉をひそめた。

「滅びの魔女……あの、伝説の？」

滅びの魔女とは、自らが作り出した秘薬によって多くの国を滅亡させたという伝説の魔女だ。滅びの魔女の秘薬を飲んだ人間は、他者に対して強い敵愾心《てきがいしん》を抱くようになるという。つまり、魔女の秘薬を口にした者は、仲間同士で相争い、自滅してしまうというわけだ。

「この国の創始者、聖王リンドルンに打ち倒されるまで、滅びの魔女が作った秘薬は人々の間に不和の種を撒《ま》き、多くの国を滅亡へ導いたとか……」

そんな話が伝説として残っている。ローザの言葉にエイドリアンが頷いた。

「そう、その魔女の血をオーギュスト殿下の奥方、つまり王太子妃が受け継いでいた、なんて噂が当時出回ったらしい。聡明だったはずの王子が弑逆《しいぎゃく》などという暴挙に出たのはそのせいだと言われているよ。滅びの魔女が作った秘薬にオーギュスト殿下は操られたんだろうって」

滅びの魔女の秘薬……本当にあったら恐ろしいわね。仲間同士、理由もなく憎み合い攻撃し合うということになりますもの。誰も信じられなくなりますわ。

ローザはもう一度、しげしげと肖像画を見上げた。

見れば見るほど父に似ている。父はこんな温かい笑い方はしないけれど……

ふっとローザの表情が曇る。

そう、父はいつだって冷たい。抱きしめられたことも、愛しているという言葉をかけてもらったこともない。遠くからこちらを眺めるだけ。

仲の良さそうな親子を見て、羨《うらや》ましいと何度思ったことか……

ローザは今一度、肖像画の中の美麗な男の顔を見直した。父親に似ているけれど、似ていない男の顔を。

そう、似ていないのに似ている。もしかして血縁者？　ふふ、まさかね……

ローザは思い浮かんだ考えを振り払い、その場を離れた。

煌《きら》びやかな夜会会場に揃って足を踏み入れると、わっと会場が沸いた。感嘆のため息がそこここで漏れる。

「その……一曲踊ってもらえるか？」

ごほんと咳払いして、エイドリアンがそう言った。ファーストダンスのお誘いだ。ローザは微笑んで、差し出されたエイドリアンの手を取る。

「ええ、喜んで」

社交辞令でもローザの微笑みは男心をとろかすほど美しい。

「見て」

「綺麗ねぇ……」

「美男美女でお似合いだわ」

ローザとエイドリアンが踊る姿は、煌《きら》びやかな夜会会場の中でも注目の的だ。エイドリアンと続けて二曲踊った後、ローザが飲み物で喉を潤《うるお》していると、この国の王太子、アムンセル王子が姿を見せた。

「あら、いらっしゃったわ！」

「いつ見ても素敵ね」

またもや貴婦人達の間から感嘆のため息が広がる。

アムンセル王子は、容姿端麗、文武両道ということで女性に人気があったが、ローザはとんと興味がなかった。チラリと見て、ふいっとそっぽを向く。頭がいい馬鹿という認識があったからだ。あれはとにかく女にだらしない。王族の権威を振りかざし、人妻にも手を出すから、諸侯の反感は必至だ。金遣いも荒く、財務担当者が四苦八苦していると聞く。

あんなのを王太子に据《す》えた現国王の判断もどうかとローザは思う。このままだといずれ王権は失墜《しっつい》するのでは？　そう危惧するほどの横暴ぶりだ。

「バークレア伯爵、そちらがお前の妻となったバークレア伯爵夫人か？」

気がつけば、いつの間にかその女好き王太子がすぐ傍に迫っていた。

「結婚したばかりと聞いたが……」

ローザの胸元から腰へと舐めるように移動するアムンセルの視線はあからさまで、何を考えているのか丸分かりだった。噂に違わぬ、である。ローザは内心ため息ものであった。

本当にしょうもないお坊ちゃまだこと。

エイドリアンが急ぎ貴族の礼をし、挨拶を述べた。

「こ、これは、アムンセル殿下。ご機嫌麗《うるわ》しゅう。ええ、そうです。彼女が我が妻ローザ・バークレアです」

「ああ、本当に美しいな」

アムンセルの言葉に、社交辞令の微笑みを浮かべたローザが淑女の礼をとる。

「恐れ入ります、殿下」

アムンセルが機嫌良く笑った。

「はは、良い。そう堅苦しくなるな。どうだ？　私と少し散歩をせぬか？　庭園が綺麗だぞ」

アムンセルがそう誘いをかけてきた。これを受けると、大抵は部屋に連れ込まれる。それを知っていたローザは、やんわりとその誘いを断った。

「申し訳ありませんが、殿下。ご挨拶回りがまだ済んでおりませんわ。礼儀を欠くわけにはまいりませんので、今回はこの辺で失礼させていただきます」

立ち去ろうとするローザの手を掴み、アムンセルが引き留める。

「ははは、そう言うな。大丈夫、挨拶回りなど後でいくらでもできる」

アムンセルがにたりと笑った。そう、にたりだ。端整な顔立ちではあるが、何故だろう、彼の場合は色欲を帯びると、こんな風に笑い方が下品になる。

――潰せ。

ローザの脳裏に、そんな父親の言葉が蘇《よみがえ》る。

いつだったか、アムンセル王太子に関係を迫られたらそうしろと、あの父が命じたのだ。どこぞに散歩にでも行くと言うような気軽さで。

――無理矢理事に及ぼうとするようなら、使い物にならないようにしてやれ。豚の血筋など必要ない。

父は陛下を豚と言って憚《はばか》らない。不敬もいいところだ。

――……よろしいんですの？

――うん？

自分は父に徹底的に鍛えられた。父の言いつけ通りにしようと思えば、確かにできるが……

――わたくしもお父様も、ただでは済みませんわ。

そう、相手は王族なのだ。ローザの仕出かしたことは、ドルシア子爵家そのものに及ぶだろう。王族と一介の子爵家とでは、どう考えても力の差は歴然としている。

しかし、父の顔色は全く変わらなかった。

――……お前が心配する必要はない。大丈夫だ、後始末くらいしてやる。ごねるようなら魚の餌だ。

ローザは眉をひそめざるを得ない。

仮にも相手は王太子だ。ごろつきを始末するのとは訳が違う。

父がそれを理解していないとも思えない。父は豪胆《ごうたん》ではあるが、非常に慎重でもある。だからこそ負け知らずなのだ。父が格上の権力者をやり込められるのは、あからさまでないやり口に徹しているからだ。そんな父が、何故？

父親の顔色をうかがっても真意は読めなかった。今までに読めた試しなどないのだが……

――……わたくしが王太子の側室になれば、より大きな権力を手にできるのでは？

強欲な父がその可能性を考えないはずはない。そう考えたのだが。

――く、はははははは。

すると、父はさもおかしそうに笑い、すっと真顔になった。いや、完全な険相だった。

——許さん。もし万が一、あれの側室になどなってみろ。私がこの手でお前の息の根を止めてやる。

父が手にしていたグラスがバキリと割れる。

何故、どうしてという疑問すら撥《は》ねのける憎悪。そう、緑の瞳の奥にゆらゆらと揺れるあれは、まさしく憎悪だった。父の強欲すら凌《しの》ぐほどの……

けど、それは一瞬のこと。父はいつだって微笑みを絶やさない。恐ろしいほど自分の感情を偽る。

——可愛いローザ、お前は私の唯一無二の宝だ。私を怒らせるな？

そう言ってドルシア子爵はローザの髪を撫《な》でた。

髪を撫《な》でる父の手つきは、あくまで優しい。そう、優しいのだ。普段の所作はいつもこう。激高させなければ、良き父親に見えるに違いない。

豹変《ひょうへん》の仕方が普通人のそれを超えるので、度肝を抜かれるだけ……

「申し訳ありませんが、殿下。わたくし、どうしてもお会いしなければならない方がおりますの」

これで引き下がらなければアムンセル王太子の婚約者であるリトラーゼ侯爵令嬢の名を出すつもりだった。しかし、それより早く、エイドリアンが割って入る。

「殿下、どうか手を離して下さい。妻が嫌がっています」

ローザはエイドリアンの言葉に目を剥《む》いた。

って、そのまんま言わないで下さいまし！

思わず悲鳴を上げてしまいそうになる。

「なんだと！　無礼者め！　この私の誘いが嫌だと言う気か？」

案の定、アムンセル王太子がいきり立つ。ローザは額を手で覆《おお》った。

ほら、やっぱり……反感を買いますわよ、それでは。

しかし、エイドリアンは一歩も引かない。毅然《きぜん》とした態度で、きっぱりと言い切った。

「彼女は私の妻です。お戯《たわむ》れも大概にして下さい。嫌がる女性に無理を強いるのは恥ずべき行為です。殿下はもう少し、上に立つ者としての自覚を持つべきでは？」

正論だ。彼は間違った事は何も言っていない。むしろ、自分より格上の権力者に対して堂々と言ってのけるこの姿勢は、あっぱれと言ってやりたいところだ。

けれど、横暴な権力者に対し、この対応はひたすらまずい。たとえ正論であっても、間違っているのが本当にアムンセルであったとしても、この場合、罰せられるのはエイドリアンになってしまう。貴族とは、権力者とはそういうものだ。

「なんだと、この……」

「エイドリアン」

彼の肩を掴み、ローザ自身が前へ出ようとしたまさにその時。

「殿下、何をしておいでですかな？」

別の声が割って入った。

見ると、ちょびひげを生やした小柄な中年男性が、こちらに向かってやってくるところであった。

頭が綺麗にはげ上がっているので、ぱっと見、年寄り臭く見えてしまうが、肌艶《つや》が良いので、思ったより若いのかもしれない。

小男の姿を目にしたアムンセル王太子が、チッと舌打ちを漏らす。

「エクトルか……」

「こちらのご婦人が何か？」

小男がちらりとローザに視線を向けると、アムンセルがもそもそと言い訳を口にする。

「別に……美しいご婦人ゆえ、庭を一緒に散歩しようとしただけだ」

それだけで小男は状況を察したらしい。

「またですか……おいたがあまり過ぎるようですと、陛下に言いつけますぞ。先日もアリソン夫人の件でもめたばかりではありませんか。これ以上は流石《さすが》の私もかばいきれませんな」

小男の叱責に、アムンセル王太子は不愉快そうに顔をしかめる。

「それよりも、そら、殿下のダンスの誘いを今か今かと待っているご婦人方の相手をして差し上げなさい。あのような可憐な花を、無下にするものではありませんぞ」

小男の指し示す方を見れば、確かに熱っぽい視線を送っている婦人達がいる。それを目にしたアムンセル王太子はたちまち相好《そうごう》を崩した。

「ははは、そうか、それは確かに無下にはできぬな。ではそうさせてもらおうか」

そう答え、上機嫌で立ち去った。

アムンセル王太子の背を見送ったローザは、ふわりと微笑み、小男に向かって礼を口にする。

「ありがとうございます、助かりましたわ」

「ははは、なんのなんの。これぐらいなんてことはありませんよ」

恰幅《かっぷく》のいい小男だった。背筋はぴんっと真っ直ぐで、所作に品の良さがにじみ出ている。頭ははげ上がっているが、年はおそらく四十歳前後だろう、ハンサムではないが、笑った顔がこれまたなんともチャーミングである。

ローザは口元をほころばせた。

「わたくしはバークレア伯爵の妻、ローザ・バークレアと申します。あの、お名前をお伺いしても？」

「おお、これは失礼した。私はダスティーノ公エクトル・ロワイエです。以後お見知りおきを」

「まぁ、宰相様《さいしょうさま》でしたの」

ローザは驚いた。

ダスティーノ公爵家はこの国で一、二を争う名家だ。そして、エクトル・ロワイエ・ダスティーノ公爵は、切れ者と噂される宰相《さいしょう》である。ローザはこういった頭の切れる中年男性に、とことん弱かった。良い感じに恰幅《かっぷく》もいい。目の前の小男は、まさにローザの好みど真ん中であった。

「それにしても、バークレア伯爵夫人は噂通りお美しい方ですな。バークレア伯爵が羨《うらや》ましい。こんな美しい女性を妻にできるなんて」

「恐れ入ります」

「まぁ、お上手ですのね」

ローザの頬が桜色に染まる。

朴念仁《ぼくねんじん》の旦那様は、このわたくしを醜《みにく》いとか言って下さいましたけれど。ついでに、手を付けるのも嫌とばかりに寝室を出ていかれましたが。

ほほほとローザは心の中で嫌みをたっぷり漏らしてしまう。

「宰相《さいしょう》様こそ素敵ですわ。奥様が羨《うらや》ましい」

「はは、結婚はまだなのですよ。なかなか縁がなくて」

エクトルの言葉にローザはまたも驚いた。

えぇ！　何故こんな優良物件が売れ残っているんですの？　ならわたくしが！　って、わたくしは結婚していますわね。離婚するにはもうちょっと時間がかかりそうですし……ああ、身分違いという壁もありますわね。

一人悶々《もんもん》としていると、エクトルが笑った。

「では、私はここで失礼させていただきます。バークレア伯爵に、伯爵夫人。せっかくの夜会ですから、どうか楽しんでいただければ幸いですな」

「あ、宰相《さいしょう》様」

慌ててローザが呼び止めると、エクトルが振り返る。

「そ、その……よろしければ、わたくしと一曲踊っていただけませんか？」

もじもじと恥じらいつつ申し出た。恋する乙女は得てしてこんなものだろうが、ローザはこういった感覚に慣れていない。いつもの威勢の良さが鳴りを潜めてしまう。

びっくりしたようにエクトルは目を丸くした。

「ははは、この私とダンスを？　いやはや、こんなお美しいご婦人にダンスに誘われたのは初めてですなぁ、参りました」

エクトルはなんとも面映《おもは》ゆそうだ。

「迷惑でなければ」

「迷惑など、とんでもない。喜んでお受けしましょう」

エクトルの返答に、ローザの顔がぱあっと明るくなる。差し出されたエクトルの手に自分の手を乗せ、ローザはダンスホールへ移動した。既に夢見心地である。

ああ、素敵……


「……何かあったのか？」

帰りの馬車の中でエイドリアンが訝《いぶか》しげな声を出す。ローザはちらりとそちらへ視線を向けた。

ああ、話しかけないでちょうだい。耳に残る宰相《さいしょう》様の素敵なお声が、上書きされそう。

「宰相《さいしょう》様はどうしてご結婚されないのかしら？」

夢うつつでそう問うと、エイドリアンが失笑した。

「結婚相手が見つからないからだよ」

「あら、どうして？」

「いや、どうしてって……」

「あんなに素敵ですのに」

ローザのうっとりとした声に、エイドリアンは奇妙な顔をした。

「素敵？」

「ええ、素敵ですわ。ああいった目つきの鋭い切れ者……理想的ですわ。ああいうのにわたくし、弱いんですのよねぇ」

「……ハゲてるぞ？」

ぼそりとエイドリアンが言った。

「ええ、テカリ具合がとっても素敵」

もう、可愛くてなでなでしたいくらい。

「宰相《さいしょう》の年は四十だ」

「愛があれば年の差なんて」

そう、二十三歳差くらい、なんてことありませんわぁ。

「お前より背が低いぞ？」

「ええ、とっても可愛らしいですわ」

ちまちましていて眼福です。

「顔が不細工だ」

「そんなことはありません。チャーミングです！」

エイドリアンの言葉に、ローザがむうっと膨《ふく》れた。

「お前の目はどうかしている」

エイドリアンの言葉に、ローザは憤然と顔を上げる。

「失礼な！　わたくしの視力はとってもいいですわ！　ほら、ご覧なさい！　あそこの楡《にれ》の木の枝に止まる二羽の小鳥が、ちちくり合っているのもはっきり見えますもの！」

「ちちくり……そこはともかく、楡《にれ》の木？　もしかしてあれか？」

「ええ、あの大木です！」

エイドリアンはじいっと窓の外に目をこらすも、そんな光景はついぞ目に映らない。

「か、かろうじて楡《にれ》の木だと分かるようなあれの枝……にいる小鳥って、やっぱりお前の目はおかしい！　私は見えない！　何故見える！」

「わたくしにははっきり見えますわ！　ということは、やっぱり宰相《さいしょう》様はチャーミングでとっても素敵ということになりますわね！」

ほーっほっほっほっとローザが余裕の高笑いを響かせるも、エイドリアンはパタパタ手を横に振った。

「ならん、ならん」

「旦那様と結婚していなければ、宰相《さいしょう》様に求婚いたしますのに」

ローザがふうっとため息をつくと、エイドリアンは目を剥《む》いた。

「あれに負けるのか！」

「……何故そこで驚くのか理解できません。旦那様は、どこをとっても宰相《さいしょう》様には勝てないでしょう」

「顔」

「言い切りましたね。でも、残念ながら、旦那様はわたくしの好みではありませんのであしからず。顔のいい残念男より、宰相《さいしょう》様のような中身イケメンのはげ親父が好みなんです」

「もしかして初夜に私が罵倒《ばとう》したから根に持って……」

「根に持つわけないでしょう。小物の悪口程度で」

「小物……」

「ええ、小物です。女性をいたぶって喜ぶのは小心者の証ですから。さ、そうと分かったらそろそろ口を閉じて下さい。宰相《さいしょう》様のあの素敵なお声を忘れたくありません」

わたくしがきっぱりそう告げると、何故か旦那様は、これ以上ないほど情けない顔をなさいました。まるで捨てられた子犬のよう。何故？

第九話　引導《いんどう》を渡して差し上げますわ！

「エイドリアン、どうした？」

城内の廊下でエイドリアンに声をかけてきたのは、悪友のクレマンだ。

「元気がないなぁ。もしかして、あの美人妻と喧嘩でもしたとか？」

にやにや笑いは、からかっているようにしか見えない。

「……そうだと言ったら、仲直りする何か良い案はあるか？」

エイドリアンがそう言うと、クレマンは片眉を跳ね上げ、次いで豪快に笑った。

「なんだ、なんだ、図星だったのか？　だったら、謝れば良いんじゃないか？　プレゼントでも買って帰って、ご機嫌でも取れよ」

ばしばしと背を叩かれてしまう。

そのプレゼントが買えないから、悩んでいるんだが……

エイドリアンがため息を漏らしつつ邸《やしき》へ戻ると、ローザの姿が見当たらない。

「……ローザはいないのか？」

最近は、こうして邸《やしき》に帰ってくると、どうしても「お帰りなさいませ」と微笑むローザの姿を探してしまう。いや、違うな……

エイドリアンは重いため息をついた。

今の自分の目はいつだってローザの姿を追っている。本当、いい年の大人が一体何をやっているのやら……これでは恋を覚えた十代の若者と変わらない。

「奥様は、旦那様が登城なさった後に来られたランドルフ男爵家の遣いの者と出かけられました」

執事のセバスチャンにローザの居場所を尋ねると、そんな答えが返ってきた。

「ランドルフ男爵家の？」

「はい。セシル様の弟君の遣いのようですね」

どくんと心臓が嫌な跳ね方をする。フィーリーが？

「そ、それでどうした！」

「急なお誘いでしたが、奥様はそれをお受けになりまして、外出なさいました」

日はまだ高い。心配するような時間ではないが……

「で、ローザはどこへ行ったんだ？」

「多分、男爵邸ではないでしょうか？」

その答えに、エイドリアンは急ぎ厩《うまや》から馬を引き出し、男爵邸へと走らせた。

心配する必要などないのかもしれないが……

どうしても嫌な想像をしてしまう。フィーリーがローザに何を言うか分からない。彼女の悪評は彼の耳にも届いているはずだ。彼女は噂のような女ではないと、もっと早く言っておけば良かったと後悔する。

エイドリアンがランドルフ男爵に目通りを願うと、それはすぐさま叶えられた。玄関ホールにいるエイドリアンを目にするなり、ランドルフ男爵は両手を広げて、満面の笑みを浮かべた。

「おお、どうされました、バークレア伯爵。お久しぶりですな」

「フィーリーはどこに？」

エイドリアンが問うと、ランドルフ男爵は怪訝《けげん》そうな顔をする。

「フィーリー？　息子に何か用ですか？」

「彼が妻を家から連れ出したんだ！」

「僕がどうかしましたか？」

廊下の奥から歩いてきた少年は、確かにフィーリーである。ストロベリーブロンドの髪の背の高い少年だ。面差しが大人びているので、セシルと並ぶと兄に間違われることもある。

エイドリアンは身を乗り出すようにして急ぎ尋ねた。

「今日、私の邸《やしき》を訪ねただろう？」

「え？　いえ」

フィーリーが首を横に振った。エイドリアンは思わず眉をひそめてしまう。

訪ねてない？

「違う？　君がローザを邸《やしき》から連れ出したんじゃないのか？」

フィーリーが怪訝《けげん》そうに言った。

「いいえ？　何かの間違いではないですか？　僕はずっと家にいましたよ？」

「いや、しかし……御者のトーマスが、確かに男爵家の家紋の入った馬車だったと……」

エイドリアンの言葉を受け、従者が調べに行くと、彼は大慌てで戻ってきた。

「た、大変です！　ニコル坊ちゃまがいません！」

「なんだと！」

従者の言葉に驚いたのは、エイドリアンだけではない。ランドルフ男爵もフィーリーも慌てた。

それはそうだろう、ニコルはまだ五歳の子供だ。一体なんでまた勝手に伯爵邸を訪れ、ローザを連れ出したのか、訳が分からない。

「捜せ、捜すんだ！　行きそうな所を手当たり次第！」

てんやわんやの大騒ぎだ。

方々を捜し回り、ニコルがいたのはなんと、男爵家が所有する街中の別邸だった。ランドルフ男爵が仕事で時折使用する場所で、ほんの目と鼻の先にある。その客間のソファに腰かけたローザの膝の上で、ニコルは安らかに眠っていた。

ランドルフ男爵はほっとしたものの、ニコルの世話をしていた侍女二人を怒鳴りつける。

「お前達！　何故こんな場所へニコルを連れてきた！」

二人の侍女は飛び上がった。

「も、申し訳ございません！　お止めしたのですが……」

「どうしても行くとおっしゃったので、お一人で行かせるよりは、と……」

エイドリアンもまた、ローザの無事な姿を見て、ほっと胸を撫《な》で下ろす。

「ニコルはどうして君をここへ連れてきたんだ？」

「さあ？　何故なんでしょう？」

ローザに不思議そうに小首を傾げられ、エイドリアンは呆れてしまった。

「訳も分からず、ずっとこんな場所にいたのか？」

「ええ、そうなの。ニコルがね、どうしても一緒にいてほしいって駄々をこねるのよ。どうして？　って聞いても、理由を教えてくれないの。仕方なく、ずっと物語を聞かせたり、子守歌を歌ってあげたりしていたの。今、やっと寝てくれたところよ」

「……申し訳ありませんでした、バークレア伯爵夫人。我が愚息が申し訳ない」

ランドルフ男爵がそう謝罪すると、ローザはころころと笑う。

「いいのよ。楽しかったわ」

「こっちへ……」

ローザが抱えるニコルを抱き上げようとフィーリーが手を伸ばすと、ふっとニコルが目を覚ました。すかさずフィーリーがまなじりをつり上げる。

「こら、ニコル！　お前、一体何を考えている！」

兄の怒声にニコルが飛び跳ねた。

「お、お兄ちゃま！」

「どうしてバークレア伯爵夫人をこんな所へ連れ出したりしたんだ！」

「だ、だって、お姉ちゃまが泣くから！」

ニコルの叫びに、フィーリーは眉をひそめる。

「はあ？」

「好きな人と結婚できないって！　だから、だから、僕ずっとローザお姉ちゃまと一緒にいたの！　僕とローザお姉ちゃまが一緒の部屋にずっといると、ふていっていうのになるんでしょう？　一緒にいた人と結婚しなくちゃならなくなるんだよね？」

ニコルの言葉に全員がぽかんとした顔になる。ふてい？　不貞……意味分かってるか？　多分、その場にいた全員がそう思っただろう。

「僕、ローザお姉ちゃまとふていしたんだ！　だから、ローザお姉ちゃまは僕のお嫁さんになるんだよね？　これでセシルお姉ちゃまは、伯爵様と結婚できるでしょう？　僕偉い？」

胸を張って言われても、な……。ど、どう言えばいいのやら。

「帰るぞ……」

フィーリーが疲れたように言うと、ニコルがローザにすがりつく。

「やーだー！　僕、ローザお姉ちゃまと一緒にいるぅ！　僕のお嫁さんだもん！」

「ちょ、こら！　ニコル！」

「お兄ちゃまは触っちゃ駄目！　僕のお嫁さん！」

「違う、いいから、離れろ！」

ニコルはローザのスカートをしっかり掴んで離さない。かなり気に入ったらしい。

「……何をやったんだ？」

エイドリアンが言う。

「いえ、だから先程も言いましたように、物語を聞かせたり、子守歌を歌ったり……およそ子供の喜びそうな事をしてあげただけですわ」

「それだ……」

「それ？」

「ニコルに気に入られたんだ。男爵夫人は、ニコルが生まれるとほぼ同時に他界しているから……」

離れろー、いやぁーを先程から繰り返している。処置なしだ。

結局、ローザがニコルを抱えて男爵家の馬車に乗り込んだ。

「重ね重ね申し訳ない」

ランドルフ男爵は馬車の中で恐縮し、平謝りであった。

◇◇◇

「お父様！」

邸《やしき》に着いてランドルフ男爵が馬車から降りると、それをめざとく見つけたセシルが走り寄ってきた。ニコルが失踪したと聞かされ、やきもきしていたのである。

「ニコルは？　ニコルは無事なの？」

セシルの問いに、父親の男爵が笑って答えた。

「ああ、大丈夫だ。今までバークレア伯爵夫人と一緒にいたらしい。迷惑のかけっぱなしだ」

「また、あの女なの⁉」

セシルの言葉に男爵が眉をひそめた。

「セシル、あの女なんて言ってはいけない。彼女は伯爵夫人なんだ。もう少し礼儀というものを……」

「そんなもの必要ないわ！　お父様まであの女にたぶらかされたの？」

「セシル！」

父親にパシンと頬を叩かれ、セシルは呆然とする。叩かれたことなど、今までただの一度もなかったのだ。

「もう子供じゃないんだ、セシル。貴族らしい振る舞いをしなさい。礼儀を忘れてはいけないよ」

「お父様……」

涙ぐんだセシルの目がふっと、馬車から降りてきたエイドリアンに留まった。彼女の顔が喜色に染まる。

「エイドリアン！」

セシルは喜び勇んで、馬車の中を振り返ったエイドリアンの背に抱きついた。

「え？　あ……セシル？」

「会いたかったわ！　私に会いに来てくれたのね？」

「いや、違う」

エイドリアンに体を引き離され、セシルは困惑した。喜んでくれると思っていただけに、彼の反応に戸惑いを隠せない。

「違う？　なら、どうしてここへ？」

「私はローザを捜してここへ来たんだ」

セシルが目を剝《む》いた。

「どうして？　どうして、エイドリアンがあんな女を捜すの!?」

「どうしてって……彼女は私の妻だ。いなくなれば流石《さすが》に心配する」

セシルはまなじりをつり上げ、エイドリアンに食ってかかる。

「嫌よ、もしかして、あの女にたぶらかされたの？　ねぇ、そうなのね？　駄目よ、あんな女、エイドリアンに相応しくないわ！　目を覚まして！」

「目を覚ますのはお嬢さん、あなたの方ではなくて？」

エイドリアンが差し出した手を取り、馬車から降りてきたのはローザだ。エイドリアンは彼女が馬車から降りるのを手助けしていたのである。そこにセシルが背後から飛びついたというわけだ。

「まだ、駄々をこねているの？　いつになったら大人になるのかしらね？」

呆れ気味にローザがそう言うと、ランドルフ男爵が頭を下げた。

「本当に申し訳ありません、バークレア伯爵夫人」

「お父様!?」

セシルが叫び声を上げる。父親が頭を下げた事が信じられないらしい。

「セシル、さあ、行こう。彼はもう結婚しているんだよ。あまり困らせないでおくれ」

父親の言葉にセシルは逆らった。

「嫌、嫌だったら、嫌よ！　どうして、どうして皆意地悪ばっかり！　エイドリアン！」

セシルに呼びかけられて、エイドリアンは困ったように身を引いた。本当に申し訳なさそうに言う。

「すまない、セシル。私の妻はローザなんだ。君とは一緒になれない」

エイドリアンの言葉にセシルは涙ぐみ、金切り声を上げた。

「嫌よ！　そんなの認めない！　あんたなんか！」

「セシル⁉」

セシルが御者から奪ったナイフを振りかざす。ナイフが太陽光を受けて、ギラリと光った。ランドルフ男爵が驚くが、それはローザに向かって、真っ直ぐに振り下ろされる。

「ぐっ」

けれど、血に染まったのはエイドリアンだった。二人の間に割って入り、肩を刺されたのである。

エイドリアンの呻《うめ》き声に、セシルははっと正気に返る。

「エイドリアン！」

セシルが悲鳴を上げ、彼女の手から血に染まったナイフが滑り落ちる。

「医者を呼んでこい！」

ランドルフ男爵が御者に命令する。

「エイドリアン！　エイドリアン！」

セシルが泣き叫んだ。ローザがドレスを破き、それで彼の肩の止血をする。

「離れて、離れてよ、エイドリアンから離れて！」

セシルがそう金切り声を上げると、ローザに平手ではなく拳で殴られ、セシルはもんどり打って転がった。

「いい加減になさい！」

かなり強烈な一撃を喰らったセシルは、鼻血を出し、ぽかんと空を見つめている。

「甘い顔をしていれば、どこまで付け上がるんですの！」

怒り心頭のローザが、すっくと立ち上がった。

「殺人未遂ですわよ！　牢獄行きを覚悟なさい！　お嬢さん！」

「牢獄……」

ローザの言葉をセシルがぼんやりと繰り返し、ランドルフ男爵が青ざめる。

「は、伯爵夫人、お詫び申し上げます！　どうか、どうかそれだけは！」

「無理ですわ！　見て下さいまし！　この有様を！　あなたが散々甘やかしたせいではありませんの！　きっちり罪を償《つぐな》っていただきます！」

うずくまったままのエイドリアンが顔を上げた。

「ローザ……どうかセシルを許してやってくれないか？」

「あなたまで、何を甘いこと言ってるんですの！」

ローザに容赦なく鼻をつままれ、ひでででで！　とエイドリアンが悲鳴を上げる。

「格好つけも大概になさいまし！　そもそも、こういう場合はナイフを叩き落とすものですわ！　自分が肉壁になってどうするんですの！」

「いだだ、いだだ！　い、いや、そう言われても私は荒事が苦手で……」

「本当に情けない！　――セシル嬢！」

「は、はいぃ！」

思わず、体を起こしたばかりのセシルの背筋が伸びる。

「決闘ですわ」

「え……」

「決闘を申し込みます！　そんなに死にたいのでしたら、父が刺客を差し向けるまでもございません！　今この場で引導《いんどう》を渡して差し上げます！」

ローザの宣言に、セシルは目を剥《む》いた。

「ちょ、待って！　女が決闘をするって聞いたことが……」

「女がやってはいけないという法はありません！　さあ、受けて立ちなさい！」

ローザに手袋を投げつけられ、セシルは唖然、呆然だ。

「で、でも……」

「でも、なんですか！」

「決闘って……片方が死にますよね？」

「当たり前です！　ですから引導《いんどう》を渡して差し上げると言ったでしょう！　父仕込みの剣技をたっぷり披露して差し上げますわ！」

「え」

「ほーっほっほっほっ！　剣試合では、父以外に負けたことがありませんのよ！　何を隠そう、白薔薇の騎士とはわたくしの事です！」

ローザが勢い自分の正体を暴露する。

今のローザは、夜会の薔薇のイメージを保守すべし、などという考えはどこぞへすっ飛んでいた。

とにかくコテンパンにぶちのめしたい、そんな思いである。

ローザは可愛い女の子が大好きだ。いじらしい子も活発な子もツンデレも、自分はいける。けれど、あの父親の教育で我《わ》が儘《まま》を言えなかったせいだろうか、過ぎたおいたはどうしても腹が立つ。

我《わ》が儘《まま》放題もいい加減になさい！

そんな罵声《ばせい》がローザの心の内を吹き荒れた。

可愛いのに、可愛いのに、可愛いのに、ああ、腹が立ちます！

ローザは傍にいた護衛から剣をもぎ取った。それを鮮やかな手並みで数度振り回し、颯爽《さっそう》と構えてみせる。それは、セシルが何度も目にした凛々《りり》しい白薔薇の騎士の姿そのものだった。試合直前、彼女はよくこういった仕草をする。

セシルもまた、他の貴婦人同様、白薔薇の騎士の大ファンだ。毎年行われる剣試合へは欠かさず観戦に行っている。彼女の勇姿見たさに。

――素敵、格好良い、素顔が見てみたいわ！

そう友人達ときゃいきゃい言い合った。本当に白薔薇の騎士が好きで好きで……

「え……白薔薇の騎士……ほ、本当、に？　本物？」

掠《かす》れた声を漏らし、セシルはこくりと喉を鳴らす。茫然自失とはこの事か。

白薔薇の騎士はいつも凛々《りり》しい騎士服姿だ。ドレス姿じゃない。顔だって覆面で隠れている。あ、でも……そうだ、この見事な金髪だけは確かに見覚えがある。

セシルはへたり込んだまま、まじまじとローザを見上げた。

憧れの人……素顔を見たいと何度思ったことか。確かに素顔はこの上もなく美しい。ため息が漏れるほど。白薔薇の騎士だと分かった途端、たった今まで憎たらしいと思っていた顔が、凛々《りり》しく素晴らしいものに見えてしまう。なのに、ひたすら気まずくて何も言えない。

あなたのファンです、なんて、今更どの口が言えようか……

「白薔薇の騎士様……」

セシルが再びぼんやりと呟くと、ローザが宣戦布告する。

「そうですわ！　さあ、手袋を拾いなさい！　それが承諾の証ですわ！」

はっと我に返ったセシルの顔が、ざあっと青ざめた。

「え、待って……」

「待ちません！　ランドルフ男爵！　あなたが決闘の証人になりなさい！　どちらが勝っても恨みっこなしですわ！　さあ、セシル嬢！　剣を手に取りなさい！　尋常に勝負！」

ローザの迫力に押され、セシルは涙目で首を横に振る。それはもう、必死の形相で。

「無理、無理無理無理無理無理ぃ！　白薔薇の騎士って、騎士団長にも勝ったじゃありませんかぁ！　無理ですぅ！　ごめんなさあい！　エイドリアンは諦めますからぁああ！　もう二度と彼には近寄りません！　誓いますぅうううう！」

セシルはその場にへたり込み、へこへこと平謝りだ。

「ローザお姉ちゃま、格好いい……」

ニコルがぼうっと頬を上気させ、そう呟く。

結局、この一件は示談という形で落ち着くことになった。エイドリアンの怪我は軽傷だったが、この件でかなりの額の金を手にすることになる。これで伯爵家の生活はかなり楽になるだろう。

申し訳ありませんでした、そういったセシルからの謝罪文が伯爵家に届いたのはそれからまもなくのこと。

◇◇◇

「本当に情けないですわ」

「面目ない」

エイドリアンは医者に肩を手当てされ、今は自室で寝込んでいる。ベッド脇にローザが座り、リンゴの皮をしょりしょり剥《む》きながら言った。

「あなたが割って入らなければ、わたくしがナイフを叩き落としていましたのに」

ローザにため息をつかれてしまう。

彼女が白薔薇の騎士なら確かにそうなっていただろう。つまり、ローザをかばったはずが、エイドリアンの行動は、全くの道化だったというわけだ。本当に立つ瀬なし、である。

「君が白薔薇の騎士だったとはな……」

「ふふ、驚きましたか？」

「ああ、驚いた」

ローザにつられるようにしてエイドリアンも笑う。

「でも、秘密にして下さいましね」

「どうしてだ？」

白薔薇の騎士にはファンが多い。正体が分かれば、きっとたくさんの人がローザを好きになる。

エイドリアンがそう言えば、ローザは苦笑交じりに言った。

「あら、だって、人脈作りに支障が出てしまいますもの。父に叱られてしまいますわ。夜会の薔薇のイメージを崩すのは御法度《ごはっと》ですのよ？」

剣を振り回す女性は、男性には敬遠されるという。

そんなものか？　ローザの返事に、エイドリアンは首を捻《ひね》ってしまう。白薔薇の騎士だって十分美しく、夜会の薔薇の名を損ねることはないように思える。いや、ローザだからそう感じるのかもしれない。そんな風に思い直した。

「とにかく、怪我を早く治して下さいまし。使用人達が心配しています」

「君は……」

「はい？」

「君は心配してくれない、のか？」

「ええ、心配しておりますとも。早く治って下さらないと、困りますわ。あなたの分の仕事までわたくしがこなさないといけませんからね」

「……そうだな、すまない」

エイドリアンはベッドに深く身を沈めた。本当に立つ瀬なしだ。格好悪すぎる。

「ローザ」

部屋を出ていくローザを、エイドリアンが呼び止める。

「ありがとう、感謝している。君がいてくれて良かった」

すると、ローザは虚を突かれたような顔をし、次いでふわりと微笑んだ。

「……早く良くなって下さいな」

柔らかく笑ったその顔を見て、エイドリアンはどきりとする。心臓の鼓動が煩《うるさ》い。理由は……分かりきっていた。ローザが刺されると思ったら、反射的に体が動いていた。その事実一つとっても、理由は明らかだった。

そう、自分は彼女に惚れている。

エイドリアンはそう自覚するも、この先どうしたらいいのだろうと、考えあぐねてしまった。

第十話　華麗に離縁してみせますわ

騒動からひと月以上が経ち、今日はローザの十八歳の誕生日だ。

エイドリアンはすっかり回復し、夜会服でめかし込んでいる。食卓にはトニーが張り切って用意してくれたごちそうの数々が並び、食堂に集まった使用人一同が、にこにこと壁際に整列だ。

「お誕生日おめでとう、ローザ」

エイドリアンがそう言うと、使用人達も後に続いた。

「おめでとうございます、奥様」

「ありがとう、嬉しいわ」

ローザは微笑んだ。エイドリアンから差し出された箱を開けると、そこにはサファイアのネックレスが燦然《さんぜん》と輝いていた。安物ではないけれど、特別高価というわけでもない。

でも、なかなか素敵ですわ。

ローザは口元をほころばせた。

今の旦那様の精一杯の贈り物というところでしょうか。有閑《ゆうかん》マダム達の話し相手になって、お金を稼いだようですわね。なかなか人気だとか……。こそこそ隠れてやっていたようですが、ちゃんと知っていますわよ。

ローザはエイドリアンの涙ぐましい努力がおかしくて、くすくすと笑ってしまう。

がんばりましたね、旦那様。努力賞を差し上げますわ。

「素敵ですわ、とても嬉しゅうございます」

ローザが褒めると、エイドリアンが嬉しそうに笑った。

最近はこうしてよく笑うようにもなりました。こちらも努力賞をあげましょうね。

「君はよくやってくれている。そのねぎらいの意味もあるんだ。邸《やしき》のどこもかしこも綺麗だし、ワインの売り上げも順調で金回りが良い。芋畑……あれも凄いな。一人でやったのか？」

「もちろんですわ。人手が足りませんもの」

「そこはもう少し人手を増やそうかと思っている」

「え、嫌です」

ローザがきっぱりそう言うとエイドリアンは驚いたようだ。

「ど、どうしてだ？」

「節約です」

「いや、だから、今はそこまでする必要は……」

「ありますとも。お金をがっつり稼がないと、離縁できません！」

そう言い切ると、エイドリアンの顔がざあっと青ざめた。寄り集まっていた使用人一同も同様である。大切な奥方がいなくなっては大変とばかりに口々に訴える。

「あ、あの奥様」

「どうかお考え直しを」

「そ、そうですよ、お別れだなんて、そんな……」

使用人達の訴えを遮《さえぎ》り、エイドリアンが身を乗り出した。

「き、君は私と離縁したいのか？」

「もちろんです！　絶対、華麗に離縁してみせますわ！」

ほーっほっほっほっと、ローザはいつものように余裕の高笑いを響かせる。すると、エイドリアンはまさに絶望したような顔になった。

「な、何故？」

エイドリアンの反応に、ローザは訝《いぶか》しげに眉根を寄せた。

随分《ずいぶん》と弱々しい声ですわね。もっと嬉しそうにしたらいかがですの？　大嫌いなわたくしと離れられるんですのよ？

「何故って、わたくしはいない方が……」

「いてくれないと困る！」

すかさずエイドリアンが言い切り、ローザは困惑するしかない。

はあ？　旦那様の激変についていけません。

「わたくしを不細工だと――」

「君は美しい！」

はい？　ローザは思わずエイドリアンの額に手を当てる。

「熱などない！　私が間違っていた！　すまない、謝る、この通り！　出ていかないでくれ！　君に出ていかれたらそれこそ生きていられない！」

そう言われましても……

「わたくし、宰相《さいしょう》様一筋でして」

「まだ離縁していない！」

「白い結婚のままでよろしいと？」

「そこもなんとか！」

「わたくしと子供を作ると、旦那様、命を狙われますよ？」

「え？」

「あ、やっぱり分かっていらっしゃらなかった？」

ローザは使用人一同を下がらせ、エイドリアンの顔をひたと見つめた。

「父の上を行く力を持たないと、旦那様の身が危険にさらされますよ？　元々バークレア伯爵家の乗っ取りを企んでの婚姻ですから。わたくしが子を産むと、あの狸《たぬき》親父がどこからともなくやってきて、子供を伯爵に仕立て上げ、ええ、はい、その後旦那様は消されます」

エイドリアンは目を剥《む》いた。ローザの話は寝耳に水である。

「はあ？　いや、ちょ、な、なんだその物騒な思考は？」

狼狽《うろた》えまくるエイドリアンを前に、ローザが淡々と告げる。怖いくらいに肝《きも》が据《す》わっていた。

「現実です。直視して下さい。わたくしの父はヤバいなんてものじゃありません。鬼畜《きちく》です。外道《げどう》です。正真正銘の極悪人です。人の命は紙切れよりも軽いって考えですからね？」

「い、いや、確かにヤバいもヤバいって感じだが……そ、そうだ！　君が悲しむと言えば！」

エイドリアンがさも妙案だと言わんばかりに言い立てるが、ローザの表情はぴくりとも動かない。

「残念ながら、娘の命も同様ですわ。逆らえばわたくしもテーム川に浮かびます。ですから、離婚後の逃亡資金は必要不可欠なんですよ」

「どんだけ鬼畜《きちく》!?」

エイドリアンが叫ぶ。叫ばずにはいられなかったというところか。

「それはもう、旦那様の想像を超えるほど」

ローザがにっこり笑うと、エイドリアンは頭を抱えた。

「君を愛しているんだ……」

おやあ？　これ以上ないほど情けない顔ですね、旦那様。捨てないでほしいと旦那様の顔に書いてあるような……

「どの辺が？　わたくしの顔ではないですよね？」

「……あれは忘れてくれ。単なる暴言だ。君にセシルとの仲を邪魔されたと思い込んで、やり返しただけで。心が醜《みにく》いと、そう言いたか……いやいやいや、とにかくあれは間違いなんだ！　醜《みにく》いだなんて思っていない！　本当にすまなかった！」

エイドリアンが深々と頭を下げる。

おや、そうでしたか。

「では、美しい？」

「これ以上ないほど」

「恥ずかしげもなく言いますね」

「君にいなくなられる方が耐えられない」

いつの間にこんなに惚れられたんでしょう？　よく分かりません。もしかして旦那様はマゾですか？　いたぶられるのが楽しい？　そういった性癖の方はちょっと……

「旦那様？　わたくしがいなくなった方が平和ですよ？　わたくしが旦那様と離縁すれば、父の殺意は全部こっちに向きますからね」

「でも、私は君に傍にいてほしい」

「死にますよ？」

「君と自分の身を守れる男になればいいんだろう？」

「なれれば、ね」

分かっているんだろうか、この男は？　父のあくどさを。

「君と一緒ならやれそうな気がするよ」

エイドリアンがにっこりと笑う。見惚《みと》れそうなほど美しい笑みだ。

きっちりわたくしを巻き込む気ですか？　正面切ってあの狸《たぬき》とやり合うのは、どうも気が進まないんですよね。

眉間に皺《しわ》が寄ってしまう。

「では、ご自分の命を守れるようになるまでは、白い結婚で」

ローザが最大限譲歩してそう言うと、エイドリアンが目を剥《む》いた。

「ええ！　お預けということか？」

「当たり前です。あなたはともかく、可愛いウォレンを死なせるなどもってのほかですとも。跡継ぎができれば、絶対彼も狙われます」

ローザの膝上にいるウォレンは、話の内容など分からず、自分の名前を呼ばれてご機嫌だ。きゃっきゃと笑う。その様子をげっそりとした顔で眺めたエイドリアンは、蚊の鳴くような声で言った。

「……私はどうでもいいと？」

「そこはノーコメントで」

「おおおい！」

ローザはこれ以上ないほど落ち込みまくったエイドリアンを見据《みす》え、先は長そうだと考える。

ま、無理そうなら、途中でとんずらしましょうか。

そう考え、ローザは満面の笑みを浮かべた。

第二章　白薔薇と赤薔薇

第一話　側室はお断りですの

「さっさと下がれ。目障りだ」

アムンセル王太子の暴言に、お茶を飲んでいたローザの手がぴたりと止まった。

お城での優雅なお茶会のひと時、のはずが、一瞬で場の空気が凍り付く。もちろんローザが言われたわけではない。アムンセルの暴言は、彼の婚約者であるエレナ・リトラーゼ侯爵令嬢に対するものだ。

エレナは茶色の髪の楚々《そそ》とした大人しい令嬢である。言い返すこともできなかったのだろう、彼女は目尻にうっすらと涙を浮かべ、うつむいた。

ああ、もう、やめて下さいまし。

ローザは内心うんざりする。

せっかくのお茶会が台無しですわ。アムンセル殿下、わたくしと二人っきりになりたいという意図が見え見えですわよ。そもそも、エレナ様とのお茶会の場に無理くり割り込んできたのはあなたでしょうに。わたくしからすれば、あなたこそ下がれと言いたいですわ。

「アムンセル殿下は剣の達人だとか……」

とりなすようにローザがそう話を振ると、上機嫌で話に食いついてきた。

「おお、聞いているか！　そうそう、今年の剣術大会では惜しくも優勝を逃したが、あの時は体調不良だったから仕方がない。あの生意気な女騎士が散々汚い手を使ってきたから、それで優勝を逃したのであろうな！」

はははとアムンセルが自慢げに笑う。ローザの口元が完全に引きつった。

「あ、あの、アムンセル殿下？　白薔薇の騎士様は公正な方です。卑怯な真似など決して……」

言ってくれやがります。剣術大会であなたを負かして優勝したのはこの、わ、た、く、し、ですのよ？　もちろん言いませんけれど。

エレナが白薔薇の騎士をかばうと、アムンセルは顔をしかめた。明らかに気分を害した様子である。

「……お前はあの女の肩を持つわけか？　婚約者のこの俺よりも？」

「いえ、あの、そういうわけでは……」

アムンセルに睨まれて、エレナは身を縮めた。

あら、そういえば、彼女はわたくしのファンでしたわね。

ローザはそんな事を思い出す。

今年の剣術大会では、素敵な刺繍の入ったハンカチをいただきましたわ。ご自分で刺繍なさったとか。本当にエレナ様は奥ゆかしくて可愛らしい……どうして彼女がこんな無節操男の婚約者なのでしょうね？　世の中理不尽ですわ。

ローザはどうしてもそう思ってしまう。

「アムンセル殿下」

そんな茶会の途中でアムンセルに声をかけてきたのは宰相《さいしょう》のエクトルだ。

「なんだ？　こんな所まで……」

不機嫌そうにアムンセルが振り返る。

「そろそろ公務に戻って下さい。政務が殿下の所で滞《とどこお》ってしまっていて、皆が困っております」

エクトルが大真面目に言った。どうやらアムンセルを捜し回り、ここまでやってきたようである。

「……そんなもの、お前が代わりにやればいいだろう」

「そういう訳には参りません。決まりですので。ささ、どうぞお戻りを」

立ち上がるように促し、エクトルがアムンセルの背を押すようにして歩き出す。

宰相《さいしょう》様、ありがとう！

ローザは心の中で礼を言った。

宰相《さいしょう》様は本当に気が利きますわ。お腹の突き出た恰幅《かっぷく》の良い体も、しゃきしゃきと歩くお姿も、知的で茶目っ気のある眼差しも素敵です。ぴっかぴかの頭は、もうもう、なでなでしたいですわね。

「本当に申し訳ない」

アムンセルを執務室に押し込んで戻ってきたエクトルが、エレナに向かって言う。

「また、アムンセル殿下が暴言を吐いたようですな。きつく叱っておきますゆえ」

「いえ、わたくしが可愛げのない女であることは重々承知しておりますもの」

「そんな事はありませんぞ、リトラーゼ侯爵令嬢。あなたはとても可愛らしい。アムンセル殿下の好みがその、年増《としま》なのでしょう」

年増《としま》好みというより、あれは無節操ですわねと、ローザは思う。美少女から熟女までなんでもござれですもの。まだ結婚前ですのに、これですか。先が思いやられますわ。

エクトルが、つとローザの方へ向き直った。

「それと、バークレア伯爵夫人、丁度良かった。あなたにお話ししたいことがあります。少々よろしいでしょうかな？」

「ええ、もちろん」

宰相《さいしょう》様との会話でしたら、一日中でも構いませんわ。

ローザはにっこりと笑う。

「あなたに側室の話が出ております」

はい？　ローザは内心目を剥《む》いたが、もちろんそれは表情には欠片《かけら》も出ていない。優雅に微笑んだままだ。

「その、アムンセル殿下がまた無茶を言い出しましてな、あなたを側室にしたいと言って聞きません」

「ですが、わたくしは結婚しております」

ローザがそう答えると、エクトルは頷いた。

「ええ、重々承知しております。ですが、バークレア伯爵には後ろ盾がない。つまり貴族間の繋がりが非常に稀薄です。お父上の代はもう少しましだったのですが……。おそらく兄君のせいですな。ギャンブルに溺《おぼ》れて多額の借金を残し、債権者との諍《いさか》いで命を落としましたが、生前は酒癖も悪く、多くの貴族達の不興を買っていた。つまり、伯爵家は今もそっぽを向かれている状態です」

おや、まぁ。なんとなく分かってはいましたが……

「陛下は基本、アムンセル殿下に甘い。大抵の我《わ》が儘《まま》を許してしまいます。君主は横暴なくらいが丁度いいなどと言って憚《はばか》らない。何度問題を起こしても、握りつぶしてしまう。頭の痛い状態です。……それで、あなたの事ですが」

エクトルがぐっと身を乗り出した。

「最悪の場合、無理矢理にでも側室にされる可能性があります」

あらまぁ……

「今はなんとか食い止めていますが、時間の問題かと。それでですね。あなたのお気持ちを先にお聞かせ願いたい。バークレア伯爵と引き離されるのはどうですか？　やはり、お辛いですかな？」

いえ、全然。ただ、流石《さすが》のわたくしも、アムンセル殿下のお相手はごめんこうむりますわ。あれがいい、などと言う女の気持ちはまるで分かりませんの。

あら、ほほほ、そうですわ！　ならいっそ、お父様に丸投げしてしまいましょう！　アムンセル殿下、覚悟なさいまし！

「わたくしは父の意向に従いますわ。どうぞ父とお話し下さいませ」

にっこり笑って、ローザはそう答えた。

あの父が承諾するはずがありませんものね。王室に対する父の憎しみは紛れもなく本物です。そして、敵だと判断すれば容赦がありません。本当、こういう時だけは頼りになりますわぁ。

やり過ぎなければ、ですけれど……

ローザの背を冷や汗が伝い下りる。

父親が以前、「あれを魚の餌にする」と言ったのは比喩ではない。まんま、テーム川に死体として浮かべてやるという意味である。そしてローザは、それが冗談ではない事を誰よりもよく承知していた。

まぁ、アムンセルは腐っても王太子なので、多少の手加減はするでしょうけれど……

ローザの反応に、エクトルが驚いたように目を見張った。

「いやはや、これはこれは。てっきり泣き崩れるかと思いましたのに……」

そんな殊勝《しゅしょう》な女でしたら、既に生きていませんわよ、宰相《さいしょう》様。女は図太くしたたかに、が一番ですわ。

「どうしても、という場合には、逃げ道を用意するつもりでした」

エクトルは大真面目にそう言った。

「逃げ道？」

「そうです。あなたが殿下の側室には相応しくないという醜聞《しゅうぶん》をでっち上げ……ああ、言い方が悪いですな、相応の理由を作って、表向きは修道院送りという措置《そち》をとり、別の場所でひっそりと暮らせるようにしようかと……。殿下の横暴は目に余るものがあります。流石《さすが》に見過ごせません」

ああ、本当に宰相《さいしょう》様はお優しいですわね。

「お心遣い感謝いたします。でも、わたくしは貴族です。貴族としての責務を放棄する気はございませんので、どうぞ父とお話し下さいませ」

「分かりました。そういたしましょう」

エクトルがそう言って笑った。

はうぅ、素敵ですぅ。

第二話　仮面卿、登場

エイドリアンは自宅の執務室で頭を抱えていた。アムンセル王太子から突きつけられた無茶な要求のせいである。

――お前の妻ローザを、私の側室に迎えたい。

城内で呼び止められてそんな話を聞いた時、エイドリアンは我が耳を疑った。

――で、殿下、一体それはどういう……!?

エイドリアンが慌てると、アムンセルは唇を歪《ゆが》めて笑った。例の下品な笑い方だ。

――どういうも何も、今言った通りだ。名誉なことだろう？　喜べ。お前の妻がこの私の側室になるのだからな。近日中に迎えに行くから、支度をしておくように。

立ち去りかけたアムンセルを慌てて呼び止める。

——お、お待ち下さい！　アムンセル殿下！　聞けません！　私は彼女を手放すつもりなど毛頭ありません！

——……この私に逆らう気か？

アムンセルの眼差しが険悪なものに変わった。まさに暴君のそれである。

——いくらなんでも横暴が過ぎます、殿下！

——……伯爵ごときがいい気になるな。

エイドリアンは、ぐっと胸ぐらを掴まれる。

——どうしても嫌だと言うのなら、伯爵家ごと潰してやる。お前から全てを剥ぎ取り、何もできず泣き叫ぶお前の目の前で、ローザを攫《さら》ってやろうか？　ははは、それも面白そうだ。

唖然とするエイドリアンを尻目に、アムンセルは悠然と立ち去った。

無茶苦茶だ。人妻を側室になんて……

普通ならありえない。ありえないが、あの王太子はその無茶を押し通した前例がある。そして、大抵は泣き寝入りだ。王家には逆らえない。

とはいえ、エイドリアンは、そんな馬鹿げた要求を呑むつもりはさらさらなかった。こんな横暴に屈してたまるかという気概《きがい》だけは人一倍である。けれども、良い方法が思い浮かばない。ただただこうして頭を抱え、時間だけが過ぎていく有様だ。

「旦那様」

執事のセバスチャンが、ノックと共に執務室に顔を出す。

「……なんだ？」

「奥様のお父君がこちらへお見えになられました。先触れも何もありませんでしたが、お通ししてよろしいでしょうか？」

エイドリアンのぼんやりとした思考が一気に覚醒する。椅子を蹴倒すようにして立ち上がった。

「通せ」

執事にそう告げて彼の背中を見送った後、自分も身支度をし、応接室へ向かう。応接室で待っていると、セバスチャンに案内され、一度目にしたことのある男性が姿を現した。

まるで幽鬼《ゆうき》のようだな……

ローザの父親を目にして、エイドリアンはそう思う。

眼前に立たれると、のしかかるような威圧感があり、夜の闇に沈む岩山のようである。身長はエイドリアンと同じくらいなのに、一回りも二回りも大きく見えてしまうのは何故なのか……。その背後には以前と同じように、護衛であるゴリラのような風貌の大男と、優しげな面差しの細身の男が付き従っていた。

こうしてドルシア子爵と会うのは結婚の打診をされたあの時以来で、今回で二度目になる。彼は結婚式にも来なかった。相も変わらず仮面を着けていて不気味だ。それもあって、表情が全く読めない。いや、口元を見れば笑っているということは分かるのだが、存在そのものがなんとなく不気味なのだ。苦手と言ってもいい。

緊張から、エイドリアンは手のひらにじっとりと汗をかいていた。

「ようこそおいで下さいました。ドルシア子爵」

そう言って手を差し出したが、彼がそれを握り返すことはなかった。じっと見つめられるだけで、エイドリアンは所在なく手を下ろす。

これは一体なんだろう。伯爵家と子爵家だ。当然、伯爵家であるこちらが格上のはずなのに、どうしてか気圧《けお》される。まるでこちらが格下のような気にさせられてしまうのは何故なのか……

「ご用件は？」

互いに椅子に座り、エイドリアンがそう尋ねると、仮面の下の唇が言葉を紡《つむ》いだ。

「私が来た用件が分からないのか？」

分かって当然という言い方だ。

「え、はあ……」

「側室に差し出せと言われたようだな？」

そう言われれば、流石《さすが》にローザの一件を言っているのだと分かる。けれど、一体どうやって知ったのか……。自分は今朝言われたばかりだ。情報が伝わるのが速すぎる。

ちらりとドルシア子爵をうかがっても、やはり彼の表情は読めない。

「え、ええ、まぁ……」

「当然、手は打ったんだろうな？」

仮面の下からひたと見据《みす》えられ、エイドリアンはしどろもどろだ。

「は、いえ、それは……」

「まさか、とは思うが……ローザを差し出す気か？」

ぞくりとするような気配を感じ、エイドリアンは慌てて首を横に振った。

「いいえ！　とんでもない！」

エイドリアンが即答すると、ドルシア子爵の口元が笑みの形につり上がった。仮面の奥の緑の瞳が値踏みするように細められる。

「ほう……威勢はいいな。では、この先どうする気なのか、是非聞かせてもらおうか」

「それが……」

「……口だけか」

言葉に詰まると、ドルシア子爵にふんっと鼻で笑われ、エイドリアンはかっとなった。

「では、どうすれば良いと言うんですか！　相手は王家です！　命令に逆らえば――」

「お前の味方をする者は？」

言葉を途中で遮《さえぎ》られ、そう言われてしまう。

「王家に逆らうような者は……」

いません、と続くはずの言葉は喉の奥で消えた。

「使えんな」

これまた抑揚《よくよう》のない声だ。けれども、仮面の奥の瞳が侮蔑《ぶべつ》の色を浮かべたような気がして、居心地が悪い。

「人脈の構築すらできていないか。今まで一体何をやっていたのか。これが私の義理の息子とはな……ボドワンも、もう少しましな血を残せなかったのか。お前の兄はギャンブルで大借金を残して死に、次男は顔だけの役立たず。いっそ今ここでお前の首をかっ切って、お前の甥《おい》に家督を譲らせたほうがいいかもしれん」

「……それでは伯爵家を乗っ取れないでしょう？」

つい口を滑らせてしまい、はっとなるも、ドルシア子爵に動じる様子はない。むしろ面白そうに唇を歪《ゆが》める。

「そうかな？」

面白がるような口調で返され、言葉に窮《きゅう》してしまう。ドルシア子爵は肯定も否定もしない。やはり、ローザの言った事は本当なのか？　伯爵家の乗っ取りを企んでいて、自分を始末する気でいる？

エイドリアンの背を、冷や汗が伝い下りる。ドルシア子爵が、おかしそうにくつくつと笑った。

「ローザから何を聞いたのか、まぁ、大体見当はつくが……おかしな真似はするな？　自分の身が可愛ければ大人しくしていることだ」

「側室の件は……」

これ以上の駆け引きはできそうもなく、エイドリアンは話題を変えた。

「こちらでなんとかする」

そう答えてドルシア子爵が立ち上がったため、エイドリアンもまた立ち上がる。

しかし次の瞬間、視界が反転していた。何がどうなったのか分からなかったが、頭部と腹部に感じる痛みから、ドルシア子爵に殴られたのだろうという事だけは理解できた。ぐわんぐわんと視界が揺れ、なんとか立ち上がろうとするが、背を踏みつけられ、それもままならない。

「……お前の父、ボドワンに感謝しろ。次はない」

ごりっとした空恐ろしいドルシア子爵の声が、頭上から降ってくる。殺意を感じ、エイドリアンは凍り付いた。動けば命はない、そんな思考が脳裏を掠《かす》め、動くことすらままならない。冷や汗が頬を伝い下りる。

「ローザを全力で守れ。いいな？」

ドルシア子爵がそう告げた。

――父は正真正銘の極悪人です。

ローザの声が蘇《よみがえ》る。

けど、これは……

呟き込みながらも、エイドリアンはなんとか言葉を絞り出した。

「ドルシア子爵。あなたは娘を愛していますね？」

床に伏したまま、遠ざかる彼の背に向かってそう問いかける。

「誰よりも」

ドルシア子爵は振り向かぬままそう答え、二人の護衛と共に立ち去った。

第三話　女は化けるものですわ

「あ、あの！」

王太子に邪魔され、エクトルのとりなしで続行されたお茶会の帰り、ローザを呼び止めたのは、先程まで一緒にいたエレナ・リトラーゼ侯爵令嬢だった。長い茶色の髪を揺らしながら歩み寄る彼女は、あどけなくも品がある。追いかけてきたのだろうか？

可憐な花というのは、きっと彼女のような女性を言うのでしょうね、などとローザが思っていると、エレナがおずおずと進み出た。

「お呼び止めして申し訳ありません。ですが、どうしても、その……お願いしたいことがございまして……」

お願いしたいこと？　マデリアナ嬢のように何か都合してほしい品でもあるのでしょうか？

「なんでしょう？　エレナ様。なんなりとおっしゃって下さい」

ローザは極上の笑みを浮かべてみせた。

鴨《かも》がネギしょって……いえいえ、大事なお客様ですものね、愛想良くしませんと。

エレナがもじもじと指先を合わせながら口を開いた。

「は、恥を忍んで、お願いいたします。是非とも、その……と、殿方に好かれる方法を教えて下さいませ！」

エレナが顔を真っ赤にしてそう叫ぶ。

はい？　ローザは笑顔のまま固まった。

「ローザ様は、そういった手練手管に長《た》けているとお聞きしております！　お願いします！　今一度彼の心を取り戻したいんです！　どうか、ご教授下さいませ！」

あらまぁ、健気ですこと……つい、まじまじと見入ってしまいます。

エレナ様のうっすらと涙を浮かべた瞳が、もう、愛くるしい。ぎゅうっと抱きしめたくなってしまいますわ。なんでこんな健気な女性が、あんな無節操男とくっつくんですの？　ああ、そういえば、婚約した当初はあのアムンセル王太子もエレナ様に散々愛を囁《ささや》いていましたものね。監視の目が厳しくて、手を出せないと分かった途端、冷たくなったとか。やれやれですわ。

「そうですね、やり方でしたらいくらでもお教えしますが」

「ほ、本当ですか！」

エレナがぱあっと顔を輝かせる。

そう、気の引き方はいろいろあります。恋の駆け引きというやつで、振り向かせるなんて事も可能ですけれど……それを、あの脳みそ下半身男に使うというのが、いささか、いえ、かなり頭にきます。どうしましょうか……

「エレナ様はアムンセル殿下を愛していらっしゃるんですのね？」

「え、その……はい……」

エレナが赤くなってうつむく。

ああ、これはもう、忠告しても無駄という奴でしょうか？　既に婚約者ですしね。仲良くなった方がいいのかもしれません。ですが……はあ、気が重いですわ。エレナ様が傷つく未来しか見えませんもの。

「いいですか、エレナ様。ああいった男は追いかけては駄目です。追いかけさせるのです」

「追いかけさせる……」

「ええ、そうですわ。少し冷たくするくらいの方が丁度良いのです。ああいった男は自分に首ったけだった女の変化に敏感で、必ず探りを入れてくるでしょう。そこで、さりげなく焼き餅を焼かせるように持っていくのです。あくまでさりげなく、ですよ？　やりすぎると尻軽女のレッテルを貼られますからね？」

エレナ様はふんふんと頷きながら、熱心にメモを……いえ、とらなくていいですわ。真面目すぎるのもどうかと思いますわね。しかもこの努力が、あの無節操男のためだというのがなんとも……

いっそ、婚約破棄される方向に持っていきたい気持ちにすらなってしまいます。いえ、いけませんわね。好みは人それぞれですもの。たとえ、脳みそ下半身男でも、自慢話の好きな横暴男でも、学問のできる馬鹿でも……

あらあ？　いいとこありませんわね。つい、首を捻《ひね》ってしまいます。ああ、顔は良かったですわね。地位も高いですわ。結婚すれば、次期王妃ですもの。

でも、それって旦那様も？　ふと気になります。顔と地位だけが取り柄って……

いえいえ、旦那様は無節操ではありませんわね、ちゃんと誠実です。優しいです。努力家で素直で可愛らしい……

あら？　こうして考えてみると、旦那様が輝いて見えますわね。単純に、節操なしの脳みそ下半身男が最低すぎるからかもしれませんが……

「あの？」

考えにふけっていたローザの横で、エレナが不思議そうに首を傾げた。

ああ、少し熟考しすぎたかもしれませんわね。

「メイク方法も少し変えた方がいいかもしれませんわ」

ローザはエレナの顔をじっくりと観察した。

このままでも可愛らしいですけれど、彼女が女の色気を持てば、あの無節操男は絶対食いつきますわ。

「メイクですか？」

「そうです。エレナ様は今のままでも可愛らしいですが、そこに大人っぽさを加えてみましょう。下品にならない程度に色気を加えるとよろしいですわ」

「あの、どうすれば……」

「今回はわたくしがメイクをして差し上げます。やり方はエレナ様の侍女に教えて差し上げますわ。ドレスは、そうですね……わたくしの専属のデザイナーに頼んで仕立てましょう」

「お、お願いします！」

さあ、お色気大作戦ですわよ。あっと言わせてみせましょう。ほーっほっほっほっ！　あ、でも……少々嫌な予感もしますので、忠告はしっかりしておかないと、いけませんわね。

「エレナ様、護衛騎士をきちんとおつけ下さいね？　特にあの無節操……いえ、アムンセル殿下に会う時には絶対に。侍女だけでは丸め込まれ……いえ、追い払われる可能性がありますので。この点に注意するとお約束して下さいませ」

「え？　は、はい。お約束します」

はぁ、意味が分かっていませんわね？　女の色気で押せば、あの無節操男はその場で事に及びかねませんからね。エレナ様の貞操は死守しませんと！

エレナ様を家に連れ帰ると、顔の腫《は》れた旦那様がお出迎えです。あらあ？　まるでふぐのよう。誰かに殴られたようですが、これまた盛大に腫《は》れましたね。綺麗な顔が台無しですわ。

「どうなさったんですの？　それ……」

ローザがエイドリアンの顔をちょいっとつつくと、いでででで！　と盛大な悲鳴が上がった。

「いや、なんでも……」

エイドリアンが誤魔化そうとするも、それを阻んだのは主人思いの老齢の執事セバスチャンだ。

「奥様のお父君にやられたようで」

「セバスチャン！」

エイドリアンが叱り付けるが、当の本人はどこ吹く風である。

「しっかり言いませんと。これは酷いです」

「あら、まぁ……」

ローザは腫《は》れ上がったエイドリアンの顔をしげしげと眺めた。

ですがこれは……

「手加減をして下さったようですわね」

ローザの台詞《せりふ》に、エイドリアンは目を丸くした。

「え？　これで手加減しているのか？　頭がもげるかと思ったぞ？」

「いいえ、父に手加減なしで殴られたら頭蓋骨陥没です。即死です。ちゃんと手加減して下さいました」

エイドリアンの顔がさあっと青ざめる。

そう、父は怪物ですわ。誰もあの父には敵わない。まるで伝説の中の聖王リンドルンのよう……

「で？　何をなさったんですの？」

「なんにも」

「流石《さすが》の父も、理由もなく殴ったりしませんわ」

「だから、その……役立たずだと……」

はい？　旦那様から話を聞くと、どうやら例の側室の件で、役立たずだとお父様に罵《ののし》られたようです。驚きましたわ、お父様の情報網は一体どうなっているのでしょう。宰相《さいしょう》様から連絡が行く前に知ったようですね。お父様の動きは本当、読めません。

「気になさることはありませんよ」

ローザはふうっと息を吐き出し、エイドリアンの柔らかな黒髪を撫《な》でた。

もう、そういう顔は本当、おやめなさいまし。叱られた子犬のようですわよ？　お父様の言うことを逐一《ちくいち》まともに取り合っていたら身が持ちません。王家に逆らう意志を見せろだなんて、本当、お父様も無茶苦茶言いますわね。ご自分を基準にして考えないで下さいまし。

「いや、でもな……」

「父と比べられたら、誰でも役立たずになりますから。気にする必要はございませんわ。ただの子爵でありながら、王家に逆らおうとする父が異常なんです。絶対普通じゃありません。旦那様の反応が普通なんですよ、もう。お忘れ下さいませ」

「そ、そうか……」

エイドリアンがほっとしたように笑う。

「しかし、側室の件は？」

「大丈夫、父がなんとかするでしょう。ええ、心配いりませんわ」

そう、心配いりません。むしろアムンセル殿下の行く末を心配した方がいいかもしれませんわね。

「それより、お客様をお連れしましたので、わたくしはしばらく部屋に籠《こも》ります。女同士の付き合いですので、どうか邪魔はなさらないで下さいな」

「お客様？」

ローザは後方に控えている女性を紹介する。

「エレナ・リトラーゼ侯爵令嬢ですわ。アムンセル殿下の婚約者でいらっしゃいます」

エイドリアンは驚き、慌てて貴族の礼をした。

「こ、これは失礼いたしました。侯爵令嬢とはつゆ知らず、ご無礼を。初めまして。私はバークレア伯エイドリアンと申します。どうぞ、お見知りおきを」

エレナもまたおずおずと進み出て、淑女の礼をした。

「初めまして、リトラーゼ侯爵が娘、エレナ・リトラーゼですわ。あの、本当に大丈夫ですの？」

彼女の視線は腫《は》れ上がったエイドリアンの顔に釘付けだ。

「はい？」

「すぐに冷やした方が、よろしくありませんか？」

「あ、はは、いや、これは、その、だ、大丈夫です！」

エイドリアンはしどろもどろになりつつ自身の顔の前で手を振る。

「見た目ほど痛くはありませんから！　それより、ささ、どうぞどうぞ。今すぐお茶を用意させますので」

「では、エレナ様、どうぞこちらへ」

ローザはエレナを私室へ案内し、さっそくメイクを施《ほどこ》すことにする。

まずはベース作りですわね。エレナ様のお顔に合った顔色を作り、目元を作り、そうそう、唇も色気ある口元に変えましょうね。ふふふ、楽しいですわ。特にエレナ様は素材が良いですから、メイクのし甲斐がありますわ。

しかし、なんでしょう？　うっすらと頬を紅色に染めたエレナ様。これだけでもやたらと可愛らしいのですけれど。好きな時に自在にこの表情を作れるといいですわね。

「……はい、完成です。とっても可愛らしいですわ」

「なんだか恥ずかしいですわ……」

ローザの言葉に、エレナが頬を染めてうつむいた。

「あら、どうしてですの？」

「ローザ様の手つきが、その……心地よくて……」

はい？

「なんだかぼうっとなってしまいますの。あの……変ですか？」

瞳を潤《うる》ませ、エレナがそう言った。

心地よいですか……そういえば、他人にメイクをして差し上げたのはこれが初めてですわね。

ローザはにっこりと笑った。

「いえ、そんな事はありませんわ。さ、どうぞ。鏡です」

メイクした自分の顔を見て、エレナは驚きと喜びの表情を浮かべた。

「え……綺麗……。これ、本当にわたくしですの？」

ええ、女はメイクの仕方一つでいくらでも変わりますのよ！　女の色気が加わったお嬢様の出来上がりですわぁ！　清楚で妖艶《ようえん》です！　ふふふ。アムンセル殿下、待ってらっしゃいな！　一撃で悩殺して差し上げ……た後は、速攻で排除しないと危ないですわね。

ローザは本気で思い悩んだ。「危ない」と、理性と本能の両方が言っている。

護衛の騎士を一人ではなく二人にさせましょうか？　なんでしょう、エレナ様が可愛らしすぎて、本気であの無節操男を排除したくなってしまうんですけれどぉ！　婚前交渉は禁止ですわぁ！

「ありがとうございます！　ローザ様！」

興奮気味にエレナがそう言った。

ふふ、本当に可愛らしい。専属デザイナーは明日呼びましょうね。

第四話　ときめいてしまいましたの

「どうかしましたの？」

つい、ローザの顔を見過ぎたらしい、エイドリアンはごほっと空咳で誤魔化した。

「いや、なんでもない」

夕食はいつものように、ローザとウォレンとの水入らずだ。きっと端から見れば、仲睦《むつ》まじい夫婦に見えるのだろう。これでローザに子供ができれば文句なしだが……そこへ至る道は遠い。

――こちらでなんとかする。

ドルシア子爵の言葉を思い出し、エイドリアンは眉をひそめてしまう。

一体どうやって？　そんな真似は不可能に思えるのに、本当になんとかしてしまうような気がするのは、何故なのか……ドルシア子爵が持つ雰囲気のせいかもしれない。できないことなどない、ついそんな気にさせられる。

「そうですか。それで……どうでしたか？」

ローザに問われ、エイドリアンははっとなった。

「どうって……」

「父に会った感触です」

「不気味だ」

エイドリアンが即答すると、ローザが失笑した。

「あらまぁ……旦那様は本当に歯に衣《きぬ》着せない方なんですのね。大抵はお世辞を言って誤魔化すものですけれど、そういった事はなさらないんですの？　ああ、ほらほら、ウォレン、お口を拭きましょうね？」

ローザが優しい手つきで、ウォレンの口元に付いた食べカスを拭き取る。

ああ、ウォレンと入れ替わりたい。

そんな思考が脳裏を掠《かす》め、エイドリアンは頭をぶるぶると振った。

いかん、いかん、思考がどんどん怪しくなってきている。

「き、君の前でくらい良いだろう？」

一日中貴族としての振る舞いを、などと言われてはたまらない。エイドリアンがそう反論すると、ローザがくすりと笑った。

「ええ、まぁ、確かにわたくしの前でだけなら構いませんが……」

「その、君の父親だが……こう、なんて言うのか、圧力が尋常じゃないんだが。目の前に立っているだけで冷や汗が出る。どうしてああなんだ？」

「さあ？」

「さあって……」

「父は自分の過去を話したがりませんので、何も聞かない方が無難ですの」

「そういえば、君の剣技は父親仕込みだとか……」

ふとエイドリアンはそんな事を思い出す。白薔薇の騎士の強さは、父親に鍛えられたからだと聞いている。

「ええ、そうですわ。父に鍛えられました。情け容赦なくびしばしと」

「情け容赦なく……」

なんだろう、薄ら寒い。あの父親に？

「旦那様も鍛えてもらいますか？」

「遠慮する」

ローザの申し出に即答していた。ローザが悪戯《いたずら》っぽく笑う。

「あら、そうですの。まぁ、その方がいいのかもしれませんわね。今、旦那様の仕事に支障が出ても困りますもの」

「それはどういう……」

「父を相手に剣の稽古《けいこ》をしますと、まず無傷ではいられませんから。父の剣は重いんですの。一撃一撃に腕をもがれるような衝撃があって、うまく受け流せないと、こう、腕が折れることもあります」

「ちょ！　普通は手加減とか！」

エイドリアンが目を剥《む》くと、ローザはおかしそうに笑った。

「あら？　手加減なしだと、受け止めた剣ごと叩きつぶされますわよ？」

エイドリアンの顔がさあっと青ざめる。

「君の父親って……」

「モンスター？　はい、そのようにおっしゃる方もいます」

「君の腕力……」

「ええ、父譲りです」

「足が異様に速いのも？」

「ええ、多分」

「目が鷹《たか》みたいに鋭いのも？」

「ええ、そうでしょうね」

「私は命拾いをしたのかな？」

「ええ、そうだと思いますわ」

ローザがにっこりと笑う。

最後のは否定してほしかった。冗談だったんだが……

「旦那様、離縁しましょうか？」

「しない」

エイドリアンはローザの提案をきっぱり否定した。

君にいなくなられてたまるか！

離縁を拒否したエイドリアンの顔を、ローザがまじまじと見返した。本当に不思議そうである。

「……旦那様はご自分の命が惜しくないんですの？」

よほど驚いたらしい。ローザの視線はエイドリアンの顔に釘付けだ。

「そりゃあ、惜しい」

「でしたら、わたくしとはお別れした方が賢明ですわよ？」

「離縁はしない。君を愛していると言っただろう？」

むくれて突き放すように言えば、ローザはじっとエイドリアンの顔を眺め、ふっと笑う。

「そうですの。本気だったんですのね、あれ。父に対抗できる男になると……」

なんだろう？　嬉しそう？　ローザが喜んでいるように見える。気のせいかもしれないけれど……

「……無理だと言いたいのか？」

「ええ、無理だと思います。宰相《さいしょう》様でしたらもしかして、とも思いますけれど……」

「そこは否定しろ」

再度むくれてしまう。

「事実を申し上げたまでですわ。ですけれど旦那様の心意気にお応えして、わたくしも腹を割って申し上げます。旦那様に引き止められて離婚しない意志を見せましたが、どうせ無理だろうと高をくくっておりました。ですから三年後、今からですと約二年後ですわね、それまでに逃亡資金を貯めて逃げるつもりでいましたの」

びっくりしてしまった。ローザが苦笑交じりに言う。

「わたくし、負け戦を仕掛ける気はございませんもの。先程も申し上げましたように、旦那様が父に勝てる見込みは万に一つもございません。ですから、勝つのではなく、役に立つ男だと示して下さいまし」

「役に立つ？」

「父は強欲です。自分に利のある人物だと認められれば、そう、命は取られないかもしれません。もしその可能性が見えた場合、わたくしも助命を嘆願いたします。あなたの有能さを少々誇張して父に伝えましょう。話術はありますのよ。ただし、中身すかすかでは困ります。嘘だとばれてしまいますもの。誇張だとばれない程度には有能になって下さいまし」

「その、どうやって……」

「まずは人脈作りを」

「人脈」

「貴族間の繋がりがどれほど大切か、今回の件でよく分かったのではありませんか？　大きな権力に立ち向かうには、貴族はそれぞれ結束する必要がありますの。貴族の会合には進んで出席する事ですわね。そこで手を組めそうな相手を選別し、お近付きになる。わたくしもお連れ下さいな。手伝って差し上げます」

「……いいのか？」

エイドリアンは複雑だった。どうしてもローザの意志を確認せずにはいられない。

「何がですの？」

「離縁しない方向に持っていって……君は、その、ダスティーノ公爵が……」

「あら、もちろん好きですわ。一緒になりたいと、そう思っております」

「だったら、どうして……」

「旦那様はわたくしと離縁しても良いとおっしゃるの？」

良くないとエイドリアンは答えかけ、口を閉じる。ローザが失笑した。

「ふ、ふふ……本当に正直ですわね、旦那様。そうですわね。言うなれば、そう……少し、見直しましたの」

ローザが楽しそうに笑う。細められた目がどこか温かい。

「あの父に脅されて、ふふ、それでもわたくしと一緒にいたいと言った方は、あなたが初めてですのよ？　本当に驚きましたわ。それにお応えしたまでです」

「……私と一緒に生きてくれると？」

泣きそうだった。ローザがふわりと笑う。聖母のような微笑みだ。

「さあ、まだそこまでは……ただ、旦那様の覚悟に心を動かされた事は確かですの。ええ、二人の将来を考えてもいいと思うくらいには……。二年ですわ、旦那様。あと二年で有能な男に成長して下さいまし。それだけの男気を見せて下さったら、そう、惚れるかもしれませんもの」

「ありがとう」

どうしても泣き笑いの顔になってしまう。ローザが立ち上がった。

「さぁさ、ウォレン。おねむですかぁ？　ママと一緒に行きましょうね」

自分の肩に置かれたローザの手が温かくて、エイドリアンは気がつくとその手を掴み、そこに口づけていた。ローザはほんの少し驚いたようだったけれど、くすぐったそうに笑い、ウォレンと共に立ち去る。

エイドリアンがずっと、その背を見続けていたことを彼女は知らない。

◇◇◇

——離縁はしない。君を愛していると言っただろう？

そんなエイドリアンの言葉を思い出し、ローザは口づけられた自分の手に目を向けた。何とも面《おも》映《は》ゆい。

自分の美貌に惚れ込む男は多い。

けれども、父に脅されても自分の意志を押し通そうとする男は、エイドリアンが初めてである。

大抵は逃げる、怯《おび》える。それくらい父は恐ろしいのだ。

一生懸命で明け透けなエイドリアンの姿を思い出し、ローザは笑ってしまう。

本当に彼は珍しい生き物……いえ、男性ですわね。

へたれのように見えるのに根性があって、思わず助けたくなってしまう。綺麗な顔は苦手だけれど、彼だけは可愛い、そんな風に思えてならない。

——私と一緒に生きてくれると？

エイドリアンの嬉しそうな顔を思い出し、ふわりとローザの心が温かくなる。

ええ、それも悪くありませんわね。ふふ、がんばって下さいまし、旦那様。もしかしたら、そう、もしかしたら惚れるかもしれませんわよ？

そんなことを思って、ローザはくすくすと笑った。

第五話　代理人

「宰相《さいしょう》閣下、ドルシア子爵の代理人という方がいらっしゃっておりますが、お通ししてよろしいですか？」

「ああ、構わん。通せ」

執務室にいたエクトルは、従僕にそう告げた。ドルシア子爵から連絡は来ている。体調不良だとかで、今回もまた登城できないとの知らせだ。どうも腑《ふ》に落ちないが、仕方がない。

エクトルはため息をつく。

ドルシア子爵は過去二回も陛下の登城命令を無視した。もっともらしい理由を付けてはいたが、あれは拒否だろうと思う。今回のこれは三回目ということになる。

一体どういうつもりなのか……

王家に逆らえば、一介の子爵家など簡単に潰される。

それを理解していないとは思えない。ドルシア子爵は仮面卿だ。商業地区のほとんどを掌握《しょうあく》している。相当な切れ者だろうと予測できるのに、行動がちぐはぐだ。財力があるのなら、次に狙うのは権力だろうと思うのに、こうして貴族との繋がりを切って捨てるのは何故なのか……

どうにも解せなかった。権力に興味がない？　なら何故方々に手を回して男爵位を手に入れ、ドルシア子爵の地位をもぎ取ったのか……そこが分からない。

エクトルがソファに深く身を沈めたところで再び従僕が姿を見せ、ドルシア子爵の代理人が部屋に入ってきた。

「初めまして、宰相《さいしょう》閣下。ただ今参上つかまつりました。私はドルシア子爵の代理人、ジョエル・ビクターと申します」

顔色の悪い男だった。縦にひょろ長く、全体的に暗い印象を受ける。

「ああ、どうぞそちらにおかけ下さい」

「では失礼して」

ジョエルがエクトルの勧めた椅子に腰かけながら、口を開いた。

「お話とは……」

「左様、手紙でも知らせたと思いますが、バークレア伯爵夫人の件です。もし、側室の件を受け入れて下さるのであれば……」

「残念ながら、それはお断り申し上げます」

代理人のジョエルはきっぱりとそう告げた。エクトルがため息交じりに言う。

「……やはり、気に入りませんか？」

「そうですな。仮面卿の意志とだけ」

「そうですか……では、どのようにするのがよろしいか？　なるべくそちらの希望を優先したいと考えていますが、流石《さすが》に側室の話をなかった事にはできません。王太子の側室の話を断るとなると、選択肢は限られてきます。いずれにせよ、今までのような暮らしはできますまい」

「それならご心配無用です。既に仮面卿が動いておりますゆえ」

にこりともせずジョエルが言う。のっぺりとした顔のこの男は、表情がほとんど動かない。それでいて青白い顔をしているので、死人のようにも見える。

「それはどのような？」

「詳しくは申せませんが、そうですな。側室の話は立ち消えになるでしょう、とだけ……」

エクトルは目を丸くし、次いで苦笑いを浮かべた。

「流石《さすが》にそれはありえないかと」

アムンセルの女性に対する執着心は人一倍だ。だからこそ、人妻だろうと人の恋人だろうと、平気で手を出す。

「仮面卿は不可能を可能にするお方です。きっとそうなりますとも」

自信たっぷりにジョエルが言う。仕方なくエクトルは答えた。

「そうですか。では、話が撤回されなかった場合、近日中に王家から遣いが行きます。できれば穏便に。抵抗いたしますと近衛兵が出張ってくるでしょうから」

「ご親切にどうも。大丈夫です」

そう言ってジョエルは立ち上がり、ドアに手をかけてから、ふと振り返った。

「そうそう、仮面卿があなた様にお礼を、と」

「お礼？　あまり役に立っておりませんが」

エクトルは首を捻《ひね》る。

「いえいえ、お心遣いに感謝すると、そう申しておりました。我が主人はあなた様を気に入られたようですよ」

ジョエルはそう言って、のっぺりとした顔にうっすらと笑みを浮かべてみせた。

その僅《わず》か数日後の事である。アムンセル王太子の不能の噂が飛び交ったのは。

第六話　女の反撃にご用心

その日、エレナは美しく着飾り、どきどきしつつ登城した。

準備は万全だった。教えられた通りのメイクを施《ほどこ》し、身につけたグリーンのドレスはローザの専属デザイナーに手直しされたものだ。初めから作り上げるのは時間がかかるので、その繋ぎにと手持ちのドレスに手を入れてもらったのだが、これまた素晴らしい出来映えである。

——お嬢様、お綺麗ですわ。

仕上げをしてくれた侍女は、感嘆の吐息混じりにそう言った。誰もがそう言って褒め称《たた》えてくれる。妖精のように美しいと。エレナはこれ以上ないほど張り切っていた。

他の婦人と一緒にいたアムンセルを見つけると、エレナはその前をさりげなく通り過ぎてみせる。心中はどきどきだった。どんな反応が返ってくるのか、予想できなかったからだ。

だが、労せずアムンセルはつれた。もういっそ、どうしてそこまでと言うほど、彼はあからさまに態度を変えた。

まず、目つきが違う。ねっとりと絡みつくような視線だ。そのまま真っ直ぐ、それはもう真っ直ぐに、エレナに向かって直進してきた。全部の障害を弾き飛ばす勢いで。

エレナの肩を抱き、引き寄せ、にんまりと笑う。

「綺麗だ、エレナ。そんなに私の気を引きたかったのか？」

エレナの長く艶《つや》やかな髪を触りながら、甘ったるい声でアムンセルが囁《ささや》く。聞く者が聞けば、下心ありまくりなのが見え見えである。そんな事とはつゆ知らないエレナは呑気に頬を染め、自分の魅力をアピールするのに精一杯だ。

「え、ええ、その……お気に召しました？」

「ああ、いい。凄くいい……」

はあはあというアムンセルの息遣いが聞こえそうなほどである。他の人間が見ればドン引きだろうが、やはり純情なエレナは気がつかない。アムンセルのそれはもう、飛びかかる寸前の獣そのものだ。

「ああ、お前達、邪魔だ、外へ出ていろ」

エレナを私室に引っ張り込んだアムンセルが、付き従っていた護衛騎士と侍女に向かってそう告げる。

「いえ、そういうわけには！」

「まいりません！」

護衛騎士も侍女も目を剥《む》いて叫んだ。ここで引き下がれば、飢えた獣に生肉を与えるようなものである。

「この私の命令が聞けないということか？」

アムンセルが脅すも、エレナに忠実な彼らは踏ん張った。

「わ、私はエレナ様付きの護衛騎士です！」

「わたくしもエレナ様専属の侍女ですので！　命令できるのはエレナ様だけですわ！」

至極もっともな事を口にする。アムンセルは面白くなさそうにエレナを振り返った。

「なら、エレナ。こいつらに外に出ているように言え」

エレナはこの台詞《せりふ》にびっくりし、まじまじとアムンセルの顔を見返した。

「え？　ですが……」

「私の頼みが聞けないのか？」

エレナの髪に口づけながらアムンセルが言う。

一応、悩ましげな表情を作ってはいるが、見え見えの演技である。それを看破したエレナ付きの護衛騎士と侍女は、必死こいて首を横に振った。駄目です、駄目です、ああ、駄目です！　そんな彼らの心の叫びが聞こえてきそうだ。

「ああ、いい。おい、そいつらを追い出せ」

結局、焦れたアムンセルが、エレナが動くより先に近衛兵にそう命じた。

その後の展開は言わずもがなで、人払いされた部屋でソファに座るよう促されたエレナは、あっけなくアムンセルに押し倒された。ここまでは想定通りだったろうが、無体な真似をされそうになった彼女が、びっくりして抵抗する事までは読めなかったようで、アムンセルは股間を蹴り上げられて悶絶する羽目になる。

何を隠そう、これは……

——いいですか、エレナ様。無体なことをされそうになったら、こうですよ、こう！

しっかりとローザが、エレナに防御の方法を叩き込んでいたのだった。

——こ、こうですか？

——そう、筋が良いですわぁ。

ほーっほっほっとローザは高笑い。

——で、でも、これ、どんな時に使いますの？

エレナが不思議そうに問うと、ローザが得意げに言う。

——その時になれば分かります。とにかく、嫌だって思いましたら、殿方の股間に向かって、こうすればいいんですわぁ！　一撃必殺ですわよ！

——そ、そうなんですの？

ローザの教え通りにアムンセルの股間に強烈な一撃を食らわしたエレナは、その場から逃げ出そうと急ぎ身を起こした。しかし、すかさずエレナの腕を掴み、逃走を阻んだのがアムンセルである。

「に、逃がすかぁ！」

血走った目だ。エレナはアムンセルの形相に恐れおののき、ひっと身をこわばらせる。

と、そこへ高らかな女の声が響き渡った。

「ほーっほっほっ！　往生際が悪いですわぁ！」

再度、股間を蹴り上げられたアムンセルは、今度こそ白目を剥《む》いてぶっ倒れた。

強烈な一撃を食らわしたのは、なんと白薔薇の騎士に扮《ふん》したローザである。エレナの事を心配するあまり、こうして彼女の行動を見守っていたというわけだ。

「エレナ様、ご無事ですか？」

「は、はい！」

どうして白薔薇の騎士様がここに？

そんな疑問がエレナの胸をよぎるも、彼女に微笑まれると、それはたちまち霧散した。白薔薇の騎士に顔を覗き込まれ、エレナの頬が朱に染まる。

「白薔薇の騎士様、助かりました！　ありがとうございます！」

そう礼を口にしたのは、エレナ付きの護衛騎士と侍女の二人だ。近衛兵の包囲を突破できずに苦戦していたところを助けられ、感謝しきりといったところか。

ローザは立てそうにないエレナを颯爽《さっそう》と抱え上げ、エレナ付きの護衛騎士と侍女の二人を連れて、城内を駆け抜けた。面倒な事になる前にとんずらしようというわけである。

だが、白薔薇の騎士は有名だ。

覆面で顔を隠していても、見事な金髪といつも身にまとっている白い騎士服を見れば一目瞭然《りょうぜん》である。エレナをお姫様のように抱きかかえて城の中を移動すれば、当然目立つわけで――

白薔薇の騎士様？　ええ、白薔薇の騎士様よ……そんな貴族女性の憧れを含んだ囁《ささや》きがそここで漏れ、後日、白薔薇の騎士伝説にまた一つ花を添えることとなった。

無体な真似をする暴漢から可憐な乙女を救った、と。

悲惨なのは、その後のアムンセル王太子であろうか。女にやられたという不名誉に加え、その僅《わず》か数日後に、王太子不能の噂が飛び交ったのだ。

アムンセル本人でさえ、気づくか気づかないかというタイミングである。誰かに先導されたような素早さで噂は広まり、アムンセル不能の醜聞《しゅうぶん》はそこここで嘲笑混じりに囁《ささや》かれた。

――聞いたか？　アムンセル殿下が不能になったんだってさ！

――ああ、聞いた聞いた。天罰覿面《てきめん》って奴だろうよ！

兵士達がゲラゲラと笑い、面白おかしく吹聴する。

――殿下、今日はお疲れのようですわね？

情婦にそう言われ、アムンセルは気が触れたかのようにわめき散らした。医者を呼んで診察させたが、原因不明と診断される。囲っていた情婦達からは哀れむような目を向けられ、気も狂わんばかりだ。

――さっさと治せ！　この藪《やぶ》医者め！

――落ち着いて下さい、殿下。興奮してはお体に障ります。

精神的なものだろうと言われ、そんな訳があるかと、アムンセルは怒鳴り散らす。そも、自分の大きさを自慢していた王太子だ。女から嘲笑されるのは耐えがたい屈辱だったのだろう。周囲に当たり散らし、手が付けられない。

結局、アムンセルは廃太子となった。元々諸侯達の反感を買っていた上、不能となった時点で跡継ぎの資格なしとされ、陛下が見限ったのだ。

「ち、父上！　どうして！」

「跡継ぎを作れんような出来損ないは必要ない。下がれ」

実の父親からも冷たく突き放された。

「婚約を解消させていただきたく……」

後日、謁見の間でリトラーゼ侯爵がそう言い出し、アムンセルは仰天《ぎょうてん》したようだ。

「頼む！　見捨てないでくれ！　エレナ！」

アムンセルは傍にいたエレナに取りすがった。

「お願いだ、頼む！　もう、君しかいないんだ！」

廃太子となった自分から婚約者までいなくなったらと怯《おび》えたのだろう、けれども父親の後ろに隠れていたエレナは、びくりと体をすくませ、急ぎさっと身を隠した。

アムンセルの乱暴にエレナはすっかり怯《おび》えてしまい、この有様である。

「アムンセル、やめよ。これは決定事項だ。覆《くつがえ》らない」

陛下がそう告げ、それを端で見ていたエクトルは、奇妙な気持ちを味わっていた。

――側室の話は立ち消えになるでしょう。

代理人であったジョエルの言葉を思い出す。

仮面卿、やはり存在そのものが不気味だ。何故か言った通りになった。不能では側室の話がなくなるのは当然としても、噂の広まり方が異様だった。どうしても人為的なものを感じる。

そう思って噂の出所を探ろうとしても堂々巡りを繰り返し、発信源へはたどり着けない。どう考えても妙だ。今回の件に仮面卿が関わっている？

エクトルはそう勘繰《かんぐ》った。

しかし、たとえそうだとしても、どうやってアムンセル殿下を不能にした？　外傷はないという。では薬物か？

「あら、宰相様《さいしょう》、どうなさいました？」

王室お抱えの女薬師のところへエクトルは顔を出してみた。

「その、お聞きしたいのだが……」

「はい、なんでございましょう？」

「男性機能を損なわせる薬物、なんてありますかな？」

「それは多分、毒物の類《たぐい》になると思います。下手をすると命をとってしまうので、かなり危険ですわ」

「でも、存在する？」

「ございます」

「治療方法は？」

「解毒薬ということですわね？　それもございますが、あくまで解毒薬です。その……機能回復薬ではありませんよ？」

「あ、はは……もちろん、そういう意味ではない。アムンセル殿下にどうかと」

「あら、それでしたら、医者がもう診ておりますわ。それらしい症状があれば、医者が処方しているのではありませんか？」

「そうだな、ああ、すまない、ありがとう」

違ったか？　いやしかし……どうも釈然としない。

エクトルは悶々《もんもん》とした疑念を残したまま、その場を立ち去った。

第七話　振った覚えすらない

「アムンセル殿下が不能？」

エイドリアンは、小耳に挟んだ話に眉をひそめた。参加した夜会は、その話で持ちきりだった。夜会の参加者達が、あちこちで面白おかしく吹聴している。あの奔放《ほんぽう》な殿下が、借りてきた猫のように大人しくなったと。

「ええ、どうもそうらしいですわね？」

その話をローザに振れば、彼女はけろりと答えた。

パール色のドレスがよく似合っている。紅を引いた赤い唇がこれまた色っぽくて……違う違う。どうも思考がそっちへ行くな。

エイドリアンはぶるぶると頭を振った。

ローザは、さして驚いている風には見えない。既に知っていたとか？

「なんでまた……」

「とにもかくにも側室の話は流れたようで、ようございましたわ」

ローザの言葉に、エイドリアンははっとなる。

「……もしかして君の父親の仕業《しわざ》か？」

「多分、そうでしょうね」

耳元で囁《ささや》くと、ローザからそんな答えが返ってきて、思わず顔が引きつってしまう。

「ど、どうやって？」

「外傷はないと聞いています。おそらく毒物ですわ」

「毒物……」

「父は毒物に異様に詳しくて、自分で毒物の調合もいたします。痕跡の残らない毒物を用意したのでしょう。医者の目を欺《あざむ》くようなものを」

駄目だ、目眩《めまい》がしてきた。エイドリアンは片手で顔を覆《おお》った。

医者の目を欺《あざむ》くほど、毒物の扱いに慣れているという点も異様だが、王太子に薬を盛る神経が信じられない。一体どうなっている？　一つ間違えば断頭台行きだぞ？

「君の父親って……」

「はいはい、父のやることにいちいち驚いていたら身が持ちませんわ。あれに常識なんて通用しませんから。それより、ここにいる方々の名前と顔をしっかり覚えて下さいな」

ローザに注意されてしまう。

今はローザと一緒に挨拶回りをしつつ、貴族の顔と名前を覚えさせられている真っ最中だった。全部覚えろと厳命されたので、エイドリアンはにこにこと愛想良く笑顔を浮かべて参加者達を覚えようとするのだが、その数が半端ない。エイドリアンは途中で音《ね》を上げた。

「まさか会場にいる奴全員の名前と顔を覚えろというわけじゃないだろうな？」

「ええ、そのつもりですが？」

あっけらかんと返され、エイドリアンは目を剥《む》いた。

「無茶言うな！　覚える端から忘れていくぞ！」

「あら、そうですの。でしたら、主要な方だけでも……」

そう言ってローザが口にした数だけでも百近い。

「……今度からアンチョコを用意しましょうか？」

「是非そうしてくれ」

エイドリアンがげっそりとしてそう言うと、ローザに笑われてしまう。

「旦那様、貴族の名前と顔を覚えるのは基本中の基本ですわ。その上で、次は趣味や家族構成などを覚え、その方の好む話題を持ち出すのです。良い気分にさせ、交渉しやすくする訳です」

「今までそんな事をやっていたのか？」

ローザの夜会巡りは、単なる男漁《あさ》りなどではなかったのだと、改めて思い知らされた。媚《こび》を売るような態度も必要なものだったのだと、今なら分かる。

ローザが妖艶《ようえん》に微笑んだ。

「ええ、もちろん。父に厳命されて人脈を作ってきたのはこのわたくしですから。父との橋渡し役ですわね」

ローザの言葉で、エイドリアンはふと思う。

「……なぁ、ドルシア子爵はどうして表に出てこないんだ？」

不思議だった。ローザのような繋ぎを何故わざわざ使うのか。ドルシア子爵のあらゆる噂が先行するのは、本人に会う機会が極端に少ないせいだろうと思う。ローザと結婚した自分でさえ会ったのはたった二回だ。何故自分で動かない？

「さあ？」

「さあって……」

「父はあれをやれ、これをしろと命令はしますが、理由までは言いませんの。でも、確かに奇妙なんですの。社交が苦手というわけでは決してありません。商取引は自分で動きますもの。なのに、こうした貴族が集う場には出てこない……。それでいて、繋がりを作った貴族はがっちり捕まえて放さないだけの力量があります。いつの間にか、侯爵のような高位貴族でさえ、父の手足になって動いているという有様で……まるでマジックを見ているようですわ」

「侯爵……」

「ええ、名前は言えませんけれど。でも、きっと口にすれば、びっくりなさいますわよ」

「君の父親って一体……」

「ああ、本当、追求しても無駄ですわよ、旦那様。このわたくしでも父の全貌は掴めませんもの。さ、次に行きましょう。主要な方の名前と顔を覚えて下さいまし。のんびりしている時間はありませんわ。やることは山ほどありますのよ？」

ローザに尻を叩かれてしまう。

その後も貴族の名前が延々出てきて、頭がパンク寸前だ。しかし、よくよく考えてみると、ローザは今言った事を全部覚えているわけで……今更ながらに自分と違いすぎると思ってしまう。

「あら、ローザ嬢……ではなくて、今はバークレア伯爵夫人かしら？」

通りすがりに、赤いドレスの貴婦人がそう声をかけてきた。ふくよかな体型に似合わず、顔立ちはきつい。化粧が濃いせいかもしれない。

「ご機嫌よう、ルイーズ嬢」

ローザが愛想良くそう挨拶するも、ルイーズと呼ばれた貴婦人は不機嫌そうに顔をしかめ、並んで立つエイドリアンをじろじろと眺めた。

「あなた……お金で男を買ったとか聞きましたけれど、ほほほ、その通りだったようねぇ。下賤《げせん》の血が入っている女なんて、所詮こんなものよね。ああ、嫌だ、嫌だ。本当、品性下劣だわ。恥って言葉を知らないのかしら」

ルイーズが、手にした扇をぱたぱたとこれ見よがしに振る。エイドリアンはかっとなって前へ出そうになったが、すかさずローザに止められた。引っ込んでいろという事だ。

「いいですか、旦那様は一言も二言も多いのです。まだ社交に慣れない内は、出しゃばらないように、くれぐれも注意して下さい」

ルイーズに聞こえないようひそひそとではあるが、かなりきつめに言われてしまった。

エイドリアンは渋々引っ込んだものの、ローザがするりと腕を絡めてきて、どきりとする。どう見てもこれは、女性が異性に好意を示す時の仕草だ。いや、自分のものだと主張する時のそれかもしれない。

「確か……ルイーズ嬢は主人に言い寄って、振られたんでしたわね？」

ローザの言葉に、エイドリアンは目を丸くした。

え？　私が振った？　いつ？

エイドリアンは目の前の化粧の濃いふくよかな女性を、改めてまじまじと見る。が、見覚えは、ない。というか、相手にしなかった女の顔なんて覚えていない。

ルイーズが金切り声を上げた。

「そ、それが何！　あ、あなたはお金の力で、無理矢理彼と結婚しただけじゃないの！」

ローザの余裕の態度は崩れない。さらに面白そうに口を開いた。

「あらあ？　確かルイーズ嬢は、主人に援助の話を持ち掛けて、それも断られていませんでした？」

はい？　あ……そういえば、そんな話がちらほらあったな。

エイドリアンはそんな事を思い出す。

結婚してくれるのなら、負債の一部を肩代わりしてもいいとかなんとか。そうだ、そういった話もあったんだ。あの時はセシルがいたから、そういった話は片っ端から断っていた……

ルイーズがぐっと言葉に詰まり、ローザが笑う。見惚《みと》れそうなほど妖艶《ようえん》な微笑みだ。

「ね、結婚相手をお金で買おうとしたのは、わたくしと一緒じゃありませんの。そういう事ですので、あまり品のない事はおっしゃらないで下さいな。ルイーズ嬢の品性が疑われますわよ？」

ルイーズは何も言えない様子で顔を真っ赤にし、憤然とその場を立ち去った。

「おい、怒らせたぞ？　いいのか？」

エイドリアンがそう言うも、ローザはしれっと言い切る。

「あら、あれくらいはよろしいですわ。やられたら、きっちりやり返しませんと、付け上がりますもの」

「しかし、その……よく知っているな？」

エイドリアン自身の事を、ローザの方がよく分かっているというのも奇妙な話だ。

ローザがふふふと笑う。

「あら、それはもう。情報を制する者は世界を制しますのよ、旦那様。ですけれど、先程のルイーズ嬢の話は、きっちりわたくし自身が目撃いたしましたの。ほほほ、きっと本人はびっくりして、今頃は冷や汗をかいているわね。どうして知っているのかって」

エイドリアンは仰天《ぎょうてん》した。

「え、じゃあ、その場にいたのか？」

「夜会会場の廊下の先で偶然ね。わたくしは目が良いんですのよ、旦那様。耳もね。ふふふ、なんのやりとりをしているのか、すぐに分かりましたわ」

「わ、私はどんな反応をしていた？」

しどろもどろにそう問われ、ローザが目を丸くする。

「あら？　覚えていませんの？」

「その、まぁ……」

そう、全くもって記憶にない。

ローザがくすりと笑った。

「あらあら、まぁ……目一杯お洒落《しゃれ》をして言い寄ったのに、旦那様に覚えてもらえなかったって事ですの？　こうなると、ルイーズ嬢が少々気の毒ですわね。こう、真面目くさった顔で、婚約者がいるから失礼するって、けんもほろろな扱いをしていらっしゃいましたわ。ふ、ふふふ。旦那様は一途でいらっしゃる」

「……からかうな」

「あら、そういう男性は女性に好まれますのよ。でも、馬鹿なままでは困りますわ。きっちり成長して下さいまし」

「そうするよ」

「ふふ、旦那様のそういった素直なところは好きですわ」

ローザの微笑みにどきりとする。絡まる腕の感触が、ああ、もう……また眠れない夜になりそうだ……

「旦那様は馬が好きですわね？」

唐突に、ローザがそんな事を言う。

「え？　あ、ああ……」

「乗馬が得意で、それで余計に女性にモテていらっしゃいました」

「だから、からかうな。別にモテようとしてやったわけじゃない」

「いえいえ、そこではありません。あちらのポルトア伯爵も、馬が好きなんですの。絶対話が合いますわよ。話題を振って相手が食いついたら、褒めるところを探して持ち上げなさいまし。さ、行きますわよ」

ローザに連れられて挨拶をした紳士は、穏やかな顔つきの初老の男性だった。話してみると確かに馬が好きなようで、レースで勝利した馬を全部覚えていたのは驚きだ。いや、自分も知っていたけれど……

「ははは、君も相当な馬好きだね」

なんてポルトア伯爵に感心されてしまった。貴族の名前はろくすっぽ覚えておらず、優勝した馬の名前なら全部言えるというのは、いささか問題なような気もするが、ここでは役に立ったようだ。

「今度、夕食でも一緒にどうかね？」

よほどエイドリアンとの会話が楽しかったようで、ポルトア伯爵がそう言って笑った。

「ナイスですわ、旦那様」

こっそりローザに褒められた。少し前進か？

◇◇◇

ポルトア伯爵は強い権威を持っているわけではないが、顔が広い。付き合って損のない人物だ。邸《やしき》はやはり王都の貴族街にあり、息子夫婦は別邸で暮らしているらしい。

執事に案内されポルトア伯爵邸の中を歩きつつ、やはりバークレア伯爵邸は流石《さすが》旧家だと、ローザはそう思う。落ちぶれて埃《ほこり》だらけになっていても、建物にも内装にも昔の権威が残っている。あいったものはなかなかお目にかかれない。

「食事は口に合いましたかな？」

食後の紅茶を口にしつつ、ポルトア伯爵が上機嫌でそう言った。

「ええ、とても美味しゅうございました」

ローザはそう言って微笑んでみせる。

うふふ、旦那様と話が弾んだようで、ようございました。趣味が合う方というのはいいですわね。何もしなくても意気投合して下さるんですもの。ただ、一つ難点を言えば、二人とも好きな馬の話に熱中しすぎて、どこで話を止めれば良いのか分からないところでしょうか。旦那様、いい加減になさいな。こっちは退屈で退屈で……欠伸《あくび》をかみ殺すのが少々苦痛になってきましたわよ。

さらにヒートアップする話を尻目に、ローザは立ち上がる。

「申し訳ありません。少々席を外しますわね」

ローザはそう断りを入れ、その場を辞した。廊下に出て厠《かわや》へ向かうと、ポルトア伯爵夫人が後を追ってくる。退屈だったのはどうやらポルトア伯爵夫人も同じだったようである。

「本当に、男というものはしょうがないですわね。趣味の世界に入り込んだら、ああやって出てこないんですもの」

ポルトア伯爵夫人は、優しげでおっとりとした品の良い老婦人だ。夫婦共々雰囲気がよく似ている。

「あなた、お子さんは？」

奥方の気軽な質問に、ローザは苦笑してしまう。できるわけがない。

子供は好きだけれど……ふふ、ちょっと残念だわ。旦那様と本物の、いえ、普通の夫婦でしたら、子供ができる日を楽しみにしたのでしょうけれど……

「いえ、まだ……」

「あら、残念。でも、あなたはお若いもの。まだまだこれからね？」

ポルトア伯爵夫人が、うふふと楽しそうに笑う。

「あなたのような若いお嬢さんとお近づきになれて嬉しいわ。そうそう、あなたレース編みはお好き？　わたくしが趣味で作ったレース編みはいかがかしら？」

そんな風に誘われてポルトア伯爵夫人の私室へ行ってみると、見事な出来映えのレース編みが棚にずらりと並んでいた。手袋やハンカチといった小物から、ショールのような大物まで……

あらぁ、これは凄いわ。繊細で透明感のあるデザインが素晴らしい。王室御用達にしてもおかしくないほどの出来映えだわ。

「……これを全て奥様が？」

ローザは思わず見入ってしまう。

「ええ、下手の横好きですけれど……」

「いえいえ、とんでもない。一流の職人も顔負けですわよ」

そうだ……

「ポルトア伯爵夫人、これを売ってみる気はありませんか？」

ローザはそう提案してみた。

通常、貴族は商人の真似事を嫌がる。商人を下賤《げせん》だと見下しているから、そんな事をすれば貴族としての品位が疑われるというわけだ。なので、断られる可能性は十分にあったけれど、ポルトア伯爵夫人は興味を示してくれた。

「あら、これが売れるんですの？」

ポルトア伯爵夫人に嫌がる様子はなく、ローザは勢いづいた。

「ええ、売れると思います。わたくしに、流通の伝手《つて》がございますの。よろしければサンプルとして二、三お貸しいただけると嬉しいですわ」

「二、三だなんて、そんな。遠慮せずに好きなだけ持っていきなさいな。あなたにプレゼントするつもりでここへお連れしたんですもの」

ポルトア伯爵夫人は心底楽しそうだ。

見事なレース編みのショールを手に食堂へ戻ると、エイドリアンもポルトア伯爵もいない。どこか別の部屋で、男同士の談議に花を咲かせているのだろうか？　などと考えていると外が騒がしい。窓から外を覗くと、厩《うまや》に人が集まっているようだ。

「あら、生まれるようですわね」

のんびりとポルトア伯爵夫人が言う。

「生まれる？」

「ええ、出産間近な馬がおりますの。ああ、分かった。主人はそちらへ行ったのね。私達も行ってみませんこと？」

ポルトア伯爵夫人の背を追い、ローザが厩《うまや》に行ってみると、エイドリアンは丁度生まれそうな子馬を引っ張り出す作業を手伝っているところだった。

あらまぁ……厩番《うまやばん》の仕事ですのに。そういえば、旦那様は馬の手入れをご自分でよくやっていらっしゃいましたわね。本当に馬が好きなんですのね。厩番《うまやばん》の皆さんとも意気投合ですか……

「……あれで良かったのか？」

帰りの馬車の中で、自信なさそうにエイドリアンが言った。

「普通の貴族相手でしたら、あれは駄目です」

ローザが駄目出しをする。

「えぇ！」

「馬の出産は手伝うべきではありませんでしたわ。あれは厩番《うまやばん》の仕事ですもの。貴族は大抵、自分たちは高貴なものという意識が強いので、ああいった仕事を嫌う傾向にありますの。旦那様が馬好きでそういった事に抵抗はなくても、普通はああいった真似をすると、嫌がられるんですわ。ただし、ポルトア伯爵はそういった事にあまりこだわらない方のようですので、あれでよろしいかと。むしろ好感度が上がったようで、何よりです」

「そ、そうか……」

エイドリアンは、ほっと胸を撫《な》で下ろす。

「で、それは？」

ローザが手にしているレース編みのショールをしげしげと眺めた。花嫁衣装にも使えそうなほど繊細で美しいデザインだ。

「ポルトア伯爵夫人の作ったレース編みですわ。良い品物ですので、市場で流通させようかと思っておりますの。きっと高値で売れますわよ」

ローザの返事を耳にしたエイドリアンは腕を組み、憮然《ぶぜん》とした表情を作った。

「……いつでもどこでも商売か？」

「ええ、がっつり稼ぎませんとね」

そう、あと二年で逃亡資金を貯めなければいけないのだから。がんばらないと。

「……まだ、二年あるぞ」

エイドリアンがぼそりとそんな言葉を口にし、子供のようにぷいっとそっぽを向く。

あらあら、拗《す》ねたようなお顔ですわね。わたくしがお金を稼ぐのが面白くないようです。いえ、お金を貯める目的が、でしょうか。でも、これぱかりは譲れませんわ。命がかかっていますもの。

「ええ、まだ二年ありますわね。がんばって下さいまし、旦那様」

ふくれっ面のエイドリアンの横顔を、ローザはつんつんとつついた。

ふふっ、こういう所は本当に可愛いですわね。言いませんけれど。

「白い薔薇の花を十本ください！」

元気で威勢の良い声に花屋の店員が目を向けると、店先に五、六歳くらいの男の子が立っていた。愛らしい顔立ちの男の子で、ダークブロンドの髪を綺麗に撫《な》でつけている。

「あらあ、お兄さんとお買い物？　いいわね」

花屋の女性店員は愛想良く笑い、注文の白薔薇を手早く花束にしていく。

薔薇の花を注文したのはニコルだ。フィーリーもいる。使用人に言いつければ花くらい簡単に用意してもらえただろうが、今回のこれは、ローザへのプレゼントだ。ニコルが自分で買いたいと言い張って聞かなかったので、こうしてフィーリーも一緒に花を買いに来たという訳である。

——申し訳ありません、バークレア伯爵夫人。

——いいえ、かまわないわ。いつでも遊びに来て下さいな。

ローザの微笑む顔を思い出し、フィーリーはぼうっとなった。

噂は当てにならないなと、そう思う。ニコルの訪問を、彼女はいつも快く承諾してくれる。花の他にも何か……菓子はどうだろう？

そんな事を考えていると、薔薇の花を手にしたニコルが勢い良く走り出し、フィーリーを慌てさせた。

「あ、こら、ニコル！　走るとあぶな——」

案の定、ニコルは誰かにぶつかり転んだ。

「ああ、ほら！　申し訳ありません」

尻餅をついたニコルの前に立つのは、立派な服装の紳士だった。貴族だろうと当たりをつけて謝罪したが、その人物の顔を目にして、フィーリーはぎょっとなった。

顔の上半分が仮面で覆《おお》われていて、その奥から覗く無機質な目が自分を見下ろしている。緑の瞳は水晶のように煌《きら》めいて美しいが、どことなく不気味だ。

座り込んだままのニコルが泣き出し、フィーリーははっと我に返った。

「大丈夫か？」

ニコルを抱き起こすと、白い薔薇の花束を目の前に差し出され、フィーリーは再びぽかんとなってしまった。先程ぶつかった仮面の紳士が、それを差し出していたのだ。どうやら、ニコルが落としたものを拾ってくれたようである。

「あ、ありがとうございます」

戸惑いながらもフィーリーが受け取ると、仮面の紳士は何も言わずに身を翻《ひるがえ》し、去っていった。護衛らしい人物を二人も連れているので、やはりどこかの貴族だろう。名乗らなかったので、爵位は分からないが。

「おら、邪魔だ、どけ！」

去っていく背中をぼうっと見ていたら背後からいきなり突き飛ばされ、フィーリーはたたらを踏んだ。

「ああ、ほら、靴が汚れたぞ？　どうしてくれる？」

泥水に足を突っ込んだ男が、居丈高にそう言った。睨み付ける仕草がどう見てもチンピラのそれである。

「骨も折れたかもなぁ。慰謝料払ってもらおうか」

別の男にそう言われて、たかり屋だとフィーリーが理解した時には、既に胸ぐらを掴まれ、踵が宙に浮いていた。

「坊ちゃま！」

同行していた執事が悲鳴を上げる。

「手を放しなさい！　無礼な！　この方はランドルフ男爵家のご子息ですぞ！」

「ああん？　そんなん知るか。痛い目に遭いたくなければ、とっとと金を出せ！」

「お兄ちゃまを放せ！」

そう叫んで暴漢の足を蹴り付けたニコルに、フィーリーが目を剥《む》く。

「ばっ、よせ！」

「なんだ、このくそガキ！　すっこんで――」

ニコルが殴られると予想してフィーリーは慌てたが、目にした光景は思い描いたものと違った。なんと、拳を振り上げた大男の方が苦悶《くもん》の呻《うめ》き声をあげ、体をくの字に曲げたのだ。

フィーリーは体の自由を取り戻したことに気づくも、その時には既に、かの大男は後方に吹っ飛び、傍の木箱の中に頭から突っ込んでいた。視界を掠《かす》めたのは黒い影……マントだったのだと後に知る。ほんの一瞬の出来事である。何が起こったのか分からず、フィーリーは呆然となった。

「なんだ、てめぇは！」

暴漢達が取り囲んだのは、先程の仮面の紳士だった。フィーリーは再び驚いた。

どうして？

暴漢の一人が拳を振り上げるも、それが届く前に仮面の紳士が手にしていたステッキで暴漢の足を払う。暴漢はそのまま顔面殴打だ。ボキリと暴漢の鼻が折れた音が響く。かなり容赦のない殴り方で、フィーリーは反射的に目をつむっていた。こういった荒事には慣れていない。

残りの暴漢は、仮面の紳士が連れていた護衛二人が片付けた。あっという間の出来事で、覚えてやがれ、などとお決まりの文句を吐き捨てて逃げていく暴漢達の背を、フィーリーはぽかんと見送った。

仮面の中の緑の瞳が動く。

「不用心だ」

「え、は、はい。申し訳ありません」

仮面の紳士の言葉に、フィーリーは思わず謝っていた。

「自分は貴族だと吹聴して回るのなら、護衛くらい付けろ」

「吹聴していたわけでは……」

「馬車の家紋。貴族だとすぐに分かる」

「え？」

「身なりが良いのに護衛の姿がない。どうぞ狙って下さいと言わんばかりだ。不用心にも程がある。

もう少し気を配れ」

「いえ、坊ちゃまのせいではありません。私の不手際です」

フィーリーが答えるより早く、ランドルフ男爵家の執事が進み出た。

「比較的治安のいい場所なので油断しました。申し訳ありません」

執事がそう言って深々と頭を下げると、仮面の紳士が薄く笑った。

「情報が古いな。治安が良かったのは一年前までだ」

「一年前……」

「お前達のような下級貴族を狙った連中が、この辺りに集まってきている。カモにされているんだ。

もっとも、平民から散々搾取《さくしゅ》している貴族達の自業自得とも言えるだろうが……」

仮面の紳士の唇が、笑みの形につり上がる。

自業自得ということは、その笑みは嘲笑だろうか？

背を向けて歩き出した仮面の紳士の背にフィーリーが見入っていると、後ろから誰かに肩を叩かれた。

「よう、あんちゃん、仮面卿がいて良かったな」

やけに馴《な》れ馴《な》れしい仕草だ。

「仮面卿？」

「貴族なのに俺達平民の味方をしてくれんだよ。おっかないけど、いい人さ」

そう告げて、遊び人風の男は立ち去る。通りすがりだったようだ。

「仮面卿……あまり良い噂を聞きませんが……」

執事が男とは正反対な事を口にする。

「知っているのか？」

「噂だけ。本人を目にしたのは今日が初めてです。裏組織を牛耳《ぎゅうじ》っている大物だとか、彼に逆らうと社会的に抹殺《まっさつ》されるとか、いろいろと不穏な噂が絶えないんです」

「そう……」

そのまま立ち去ることもできたのに、わざわざ戻ってきてくれた。フィーリーには、先程の平民の男の言葉の方が正しいような気がした。

「もしかして……平民には優しくて、貴族には厳しい？　いや、それなら僕達を助けたりしないか」

「なんでしょう？」

「ああ、いや、なんでもない」

フィーリーは思い浮かんだ自分の考えを、頭を振って追い出した。

◇◇◇

手持ちの馬はこいつだけなんだよなぁ……

厩《うまや》でいつものように愛馬の手入れをしながら、エイドリアンはぼんやり思う。愛馬である栗毛の馬は、こうしてエイドリアンにせっせと手入れをされているので、常に艶《つや》のあるいい毛並みを保っている。

夕食を一緒にと招かれたポルトア伯爵の邸《やしき》には名馬がずらりといて、心底羨《うらや》ましいと思ったものだ。自分も金があれば良い馬をたくさん揃えたいと思うが、今はそういった事に回す金はない。バークレア伯爵家を建て直すにはまだまだ資金が必要だ。

「よしよし、気持ちいいか？」

馬の体をブラッシングしてやりながら、エイドリアンが優しく言う。ぶるると満足気に馬がいないた。

「旦那様、ニコル様とフィーリー様がおいでになりました」

執事のセバスチャンが厩《うまや》に顔を出す。

「ああ、分かった。今行く」

予定より早く着いたんだな。ローザが帰ってくるまで相手をしてやらないと。

エイドリアンが客間に顔を出すと、フィーリーがソファから立ち上がり挨拶をした。

「バークレア伯爵、いつも申し訳ありません。お世話になります」

「ああ、どうぞ、腰かけて。やあ、ニコル。よく来たね」

「うん！　これ、ローザお姉ちゃまにプレゼントなの！」

ニコルが嬉しそうに白い薔薇の花束を振る。

「そうか、ありがとう。ローザはもうしばらくすれば帰ってくると思うから、それまでは菓子でも食べて、待っていてくれるかな？」

頭を撫《な》でてやると、ニコルが元気良く答えた。

「うん！　僕、良い子にしているよ！」

「年は……そろそろ六つか？」

「そう！　えーっと……ちょっと前に六つになった！」

「ははは、そうか。そろそろ馬にも乗るか？」

「教えてくれるの？」

ニコルがぱっと顔を輝かせるも、フィーリーが割って入った。

「ニコル、乗馬なら訓練士を呼ぶから、我《わ》が儘《まま》を言って伯爵様を困らせちゃ駄目だ」

エイドリアンが笑う。

「ははは、大丈夫だよ。そうだ、ローザが帰ってくるまで、馬に乗って庭を散歩……」

言いかけて、エイドリアンははたと我に返る。庭は芋、芋、芋だらけだ。ローザがすっかり芋畑に変えていたことを思い出し、エイドリアンの背を冷や汗が伝った。まずい……

「馬に乗せてくれるの！」

ニコルの言葉に、エイドリアンはびくりと身をすくませる。

「あ、いや、その……あ、そうだ、お菓子を今持ってこさせるよ！」

そう誤魔化して、慌てて客間を退出した。

危なかった。流石《さすが》にあれは見せられない。いや、立派だけどな。立派な芋畑で、農民なら褒めそやしそうな光景だけどな。説明に困る。食費節約のためだなんて……言えない。それを男爵家に帰って報告でもされたら、赤っ恥だ。

菓子を手に客間に戻ると、侍女のテレサが紅茶を淹《い》れてくれていた。

「そうだ。ここへ来る前にちょっとしたいざこざがあったんですが、仮面をした紳士に助けられたんですよ」

フィーリーの言葉に、エイドリアンは口にした紅茶をぶっと噴き出しそうになる。

か、め、ん？　嫌な予感……

「不思議な雰囲気の方で、印象に残っています。見て見ぬ振りをすることもできたのに、わざわざ戻ってきて下さったんですよね。僕自身は荒事が苦手なので、本当に助かりました。見かけによらず親切な方でしたよ」

「親切？」

「ええ……あの、何か？」

声が裏返りそうになる。

「その仮面をした紳士の名前は？」

「さあ？　名乗りませんでしたので……」

分からない、か。多分、違うよな？　ドルシア子爵には、親切なんて言葉は全く似合わない。

エイドリアンはそう考えるも、フィーリーが思い出したように言った。

「あ、そうそう。仮面卿だと、通りすがりの方が言っていました。渾名《あだな》らしいです」

今度こそ、今度こそエイドリアンは、紅茶をぶーっと盛大に噴き出した。げっほげほとむせてしまう。

「だ、大丈夫ですか？」

「あ、いや……その……」

盛大に咳き込んだ後、エイドリアンは再度問い質《ただ》した。

「本当に仮面卿だったのか？」

「え？　ええ、そう聞きましたが……あの、それが何か？」

「ローザの父親だ」

ぼそりとエイドリアンが言う。

「はい？」

「だから、仮面卿ならローザの父親だ。ドルシア子爵だよ」

「えええええぇええ！」

今度はフィーリーが驚く番だった。

目を丸くし、身を乗り出してくる。

「本当ですか？」

「ああ」

偶然って怖い、エイドリアンは心底そう思った。

「でしたら、是非お礼を言わないと！　あ、連絡を取ることはできますか？」

フィーリーの申し出に、ひいっと喉の奥から悲鳴が漏れそうになる。

無理無理無理無理！　というか、こっちは会いたくない！

「彼は忙しいらしいから、お礼なら手紙でいいんじゃないか？」

実際どこにいるのか分からない。ドルシア子爵邸に彼がいることはほとんどないと聞いている。

「そう、ですか……」

肩を落としたフィーリーを眺め、エイドリアンは恐る恐る聞いてみた。

「君は怖くなかったのか？」

「はい？」

「いや、だから、ドルシア子爵に会った感触だよ」

「そう、ですね……確かに独特の迫力がありました」

フィーリーが考え考え答える。

「で？　大丈夫だった？」

「え？　ええ。それはもちろん。先程も言ったように親切でしたよ？　落ちた花束を拾ってくれたり、暴漢から助けてくれたりして下さいましたから」

エイドリアンは笑いながらも、口元が引きつるのを感じた。

私はボディに一発かまされ、顔面殴打だったけどな。顔が腫《は》れて大変だった。一体この差はなんなのだ？　不公平だ、ついそんなことを思う。

「あ、ローザお姉ちゃま！」

「いらっしゃい、ニコル」

客間に顔を出したローザをめざとく見つけたニコルがぱっと顔を輝かせ、彼女に駆け寄った。白い薔薇の花束をニコルから受け取り、「ありがとう」と嬉しそうに笑うローザの美しい横顔を、エイドリアンはぼんやりと眺める。

白薔薇の騎士か……

言い得て妙な渾名《あだな》だと、エイドリアンは思う。美しく華やかで、そして誇り高さを感じさせる白薔薇は彼女にはぴったりだった。

そこへ、フィーリーが進み出た。

「あのう、バークレア伯爵夫人……」

恩に感じていたのだろう、暴漢に襲われて仮面卿に助けられたと、先程エイドリアンが聞いた話を繰り返す。きっとローザも自分と同じように驚くだろうと思ったが、彼女の様子はいつも通りだ。

「あら、そうでしたの。それは大変でしたわね」

さして驚く風もなくそう応じた。意外である。

「でも、主人が言ったように、お礼なら手紙で構いませんわ。仕事で忙しいので父を捕まえるのはおそらく無理だと思います」

ローザはふんわりと笑い、フィーリーにそう告げた。

そんなローザの反応を不思議に思い、エイドリアンが夜になって改めて仮面卿の事を問えば、ローザが事もなげに言った。

「多分、ニコルがいたからだと思いますわ」

「ニコルがいたから？」

「ええ、残念ながら、父は正義漢などではありませんよ？　いざこざを目にしても、無視する場合がほとんどですもの。ですが、子供がいる場合は別なんですの」

「子供には甘い？」

「ええ。子供を抱き上げる時は、こう、笑いますし、父親らしい顔になりますもの」

父親らしい顔……やっぱり愛情はあるのか。

しかし、ドルシア子爵の父親らしい顔？　想像できない。どんなんだ？　いや、そもそも仮面を取った素顔を知らない。そういえば、オーギュスト殿下に似ているとか言っていたか？　となると、もの凄い美形って事になるぞ？

「ドルシア子爵はハンサムか？」

「え？　ええ、はい」

「仮面を取ると、どんなだ？　威圧的じゃなくなる？」

「別の意味で威圧されますわ。なんと言うのか……美の暴力？」

ローザに嫌な顔をされてしまう。

「綺麗で壮絶、そんな感じなんですの。とにかく父はこう、目に力があって、圧倒されるんですわ。顔立ちも整いすぎていて怖気《おぞけ》がするというか……ああなると、もう暴力ですわね」

素顔は見なくてもいいかもな。エイドリアンはついそんな風に思う。これ以上脅されるのはごめんだった。

「君が子供だった時はどうだ？　優しかったか？」

そう問うも、ローザに首を横に振られてしまう。

「いいえ。いつだってそっけないですし、抱きしめられた記憶もありません。優しい仕草を垣間見《かいまみ》せるのは、あくまで他人の子に対してです。わたくしに対してではありません」

なんとなく拗《す》ねているようにも見える。

「記憶にあるのは、いつだって冷たい父の横顔です。わたくしの顔は見たくないとばかりに、父は顔を背けるんですの。他人よりもよそよそしいですわ。その上、剣の修業はこれ以上ないほど過酷で、父の姿を見ただけで震えが止まらない時もありました」

「……そんなに凄かったのか？」

「ええ、剣を手にした父は、尋常じゃない殺気を放ちます。何度殺されると思ったか分かりませんわ。はっきり言って、殺気立った野盗の方が可愛いくらいです」

ローザが憤然と言った。

「大体、父の基準がおかしいんですわ！　どんな場合でも、自分の子ならこれくらいできて当然って態度ですから、こっちも嫌になります。なので、以前に一度、お父様の子じゃなくていい、なんて憎まれ口を叩いたら、川に叩き込まれました。父はわたくしを嫌いなんだと何度思ったことか！」

そうかな？

「ドルシア子爵は君を愛しているらしいぞ？」

彼の行動はそんな風に見える。

「父が？　まさか……」

ローザはふいっとそっぽを向く。本気にしていない？

――ローザを全力で守れ。いいな？

あれはどう考えても、彼の本音だろう。けれど、ローザの認識とは齟齬《そご》がある？　どうしてだ？

厳しい教育を受けたからか？　それとも、もっと他に原因が？

美しいローザの横顔を見て、首を捻《ひね》ってしまう。かと言って、それをドルシア子爵に問う気には
ならない。下手をすればまた殴られそうだ。エイドリアンは首を横に振り、この問題を棚上げした。

第九話　正邪の判定

「いつもながら素晴らしいわ、ローザ夫人。あなたの目はとても肥《こ》えていますのね。まるで父のよう」

ローザが用意した品を手にしたマデリアナは、満足げな微笑みを浮かべた。彼女の父親は一流の美術品のコレクターだ。これは彼女の最大の褒め言葉だろう。

「まぁ、褒めていただいて嬉しいわ」

ローザが笑う。そこでふと、マデリアナが思い出したように言った。

「ああ、そうだわ。伯父がローザ夫人に今一度お会いしたいと言っておりましたけれど、どうなさいます？」

「マデリアナ嬢の伯父様が？」

ローザが首を傾げると、マデリアナが笑った。

「ええ、ダスティーノ公爵ですわ。彼はわたくしの伯父ですの。わたくしの母がダスティーノ公爵の妹ですので」

マデリアナの言葉に、ローザは目を丸くする。

「え？　あの……マデリアナ嬢のお母様は、リード伯爵の娘では？」

ローザがそう問うと、マデリアナは頷く。

「ええ、表向きはそうですわね。わたくしの母は双子として生を受けましたの。ですから、顔は違いますけれど、本当は王妃様の双子の妹になりますわ」

「忌み子として養子に出されたということですの？」

ローザは驚いた。確かに双子は不吉の象徴として疎《うと》まれる。なので片方が養子に出され、その存在を抹消される場合があると聞く。だが、こうして目にしたのは初めてだ。

「その通りですわ。わたくしの母はリード伯爵の娘として育てられましたけれど、実際はダスティーノ公爵の妹ですの。周囲の方々も伯父のように、くだらない迷信と言い切って下さればと思いますけれど、まだまだ偏見は根強いですわね」

マデリアナがため息交じりにそう説明した。

後日、ローザは城内にあるエクトルの執務室に来ていた。そわそわと落ち着かない。

「わざわざお越し下さり、ありがとうございます。バークレア伯爵夫人。ご足労をおかけして申し訳ない。どうぞお座り下さい」

エクトルが笑ってそう言った。笑う顔は、相変わらずチャーミングである。

「いえいえ、とんでもありませんわ」

ほほほと笑い、勧められるままローザがソファに腰かけると、侍女がお茶を淹《い》れてくれた。

「例の側室の件なのですが……」

エクトルがそう切り出した。

あら、そちらの話ですの。

ローザは内心がっかりしてしまう。もうちょっと色気のある話を期待していたのだ。

「ええ、立ち消えになったそうですわね。それが何か？」

「ああ、はい。そちらの問題は既に解決済みなので、ご心配はいりません。ただ、その、どうか気を悪くなさらないでいただきたいのですが、ほんの少し、そう……ひっかかりましてな」

「どのようなことで？」

ローザはそう先を促した。

「あなたを取り巻く、その、交友関係の事で……今回のようなアムンセル殿下の一件だけではなく、あなたを妻にと望む声は、以前からかなり多かった。聡明な美貌の貴婦人だと、社交デビューの時など注目の的でしたよ。そしてそういった中には、そう……高位貴族もいた。プレストン侯爵、この名を聞いたことは？」

「ええ、社交場で何度かお会いしましたわ」

「彼があなたを妻にと望んでいた事もご存じでしょうか？」

エクトルの言葉にローザは驚く。それは初耳だった。

「侯爵と子爵令嬢とでは分不相応と言われそうですが、それでも結婚できないわけではない。ですが、ドルシア子爵はそれを断った」

あの強欲な父が？　ローザは眉をひそめた。

「何故と不思議に思う者もいるでしょうが、私としては、あなたに好きな男性がいたのだと、そう考えました。侯爵家と血縁関係を結ぶメリットよりも、娘の幸せを慮《おもんぱか》る父親だと、そう思ったのですが……」

言いにくそうにエクトルがちらりとローザを見る。

「仮面卿、あなたのお父君は、そう呼ばれていますね？」

「ええ、はい」

「子爵家でありながら、侯爵家とも対等に渡り合えるほどの力を持っているとか……」

「父の力の全貌はわたくしでもはかりかねます」

「でしょうな。かく言う私も、調べれば調べるほど分からなくなってくる」

「調べたんですの？」

「ええ、はい。どうか気を悪くなさらないで下さい」

「いえ、宰相《さいしょう》様の事ですもの。きっと理由がおありになるのでしょうね？」

「不気味なんですよ」

「見た目が？」

「ああ、いやいや、そこではありません」

エクトルが手を振って苦笑する。

「なんというか、存在が、ですな」

そう答えて、エクトルは居住まいを正した。

「底知れない力を感じるというか……。今回の側室の件ですが、彼は代理人を通してこの一件は立ち消えになると予言し、その通りになった。偶然にしてはできすぎていて、なんとも言いようがありません。それともう一つひっかかるのが、今回の件、プレストン侯爵の時と似ているんです」

エクトルがローザをじっと見つめる。

「プレストン侯爵は、そう……あまり褒められた人物ではありませんでしたな。貴族特有のずる賢さがあって、闇商売にも手を染めていた。その彼が、無理矢理あなたを妻にしようとしたんです。それもかなり汚いやり方で、ドルシア子爵を脅していたようです。それがある日突如、ひっくり返った。プレストン侯爵の不能の噂が流れ、それから幾ばくも経たないうちに、侯爵家そのものが失墜《しっつい》した。まるで誰かが侯爵家の力を剥ぎ取ったかのようだ」

「それは……」

「先程も言ったように、証拠は何もありません。ただ、時期があまりにも符合しすぎていて、あなたに都合が良すぎるというか……」

エクトルはローザをじっと眺め、言いにくそうな調子で続ける。

「……あなたの目から見て、お父君はどういった方でしょうか？」

流石《さすが》に極悪人と言うわけにもいかない。世間体というものがある。

「自分を偽るのがうまい人ですわね」

ローザはそう答えた。

「自分を偽る……」

「父の本心はわたくしにも分かりませんの。真実と虚偽を絶妙に混ぜますので、真偽をはかりかねてしまいます。ご期待に添えず申し訳ありません」

「ああ、いやいや、どうかお気になさらずに」

そう言ってエクトルはソファに深く身を沈め、空中を見上げた。何かを考える仕草だ。

「……血も涙もない冷血漢。強欲な守銭奴《しゅせんど》。仮面卿の調査内容を総合すると、そういった人物像が浮かび上がりますが……」

ええ、その通りですわね。ローザは心の中で同意する。

「強欲なら何故、プレストン侯爵の縁談を断ったのか……」

エクトルが呟く。ローザもそこは不思議だった。父は王太子の側室さえ断った。金と権力に執着する父が、どうしてそういった行動を取るのか、どうしても困惑してしまう。

「あなたの結婚相手として、巨額の負債を持つバークレア伯爵をどうして選んだのでしょうな？　仮面卿なら、そう、もっと良い縁談がいくらでも組めたでしょうに。自分に利のある婚姻を……」

ちらりとエクトルが視線を送る。

「バークレア伯爵に恋を？」

「いいえ、ちっとも。彼は全くわたくしの好みではありませんわ」

ローザは手にした紅茶を一口含み、そう答えた。

そう、自分はエイドリアンのような整った顔は苦手だ。父を彷彿《ほうふつ》とさせるから。冷徹で恐ろしい父の顔を……。父の命令さえなければ、彼と結婚しようなどと思わなかったろう。

ただ、結婚後に分かったことだが、エイドリアンの内面はとても可愛い。泣けばよしよしと頭を撫《な》でたくなるし、落ち込んでいれば慰《なぐさ》めたくなる。本当に彼は子犬のよう。つい、愛《め》でてしまいそうになる。

エクトルが失笑する。

「借金さえなければ、彼は非常に女性にモテていたと思いますが」

「好みは人それぞれですわ、宰相様《さいしょうさま》」

ローザはにっこり笑って答えた。そう、好みだけで言うなら、自分はエクトルが好みど真ん中である。

エクトルが言う。

「ドルシア子爵は顔に酷い火傷《やけど》の痕《あと》があって、それを隠しているとか」

「ええ、その通りですわ」

「ですが、そう……仮面にはもう一つの側面があります」

「もう一つ？」

「傷を隠す以外にも、もう一つ。顔を知られたくない、そういった場合にも仮面をかぶります。傷があると言われれば、大抵の人はその可能性を考えなくなる。ですから深読みすれば、火傷《やけど》の痕《あと》を隠すという言い訳が、顔を隠すための体《てい》のいい隠れ蓑《みの》のようにも取れるんですよ」

エクトルがローザの顔を見据《みす》える。

「考えすぎなら良いのですが……」

そうですわ、ね……。顔を隠す？　一体誰から？

「さあ、物騒な話はここいらでおしまいにしましょうか。長々と引き留めて申し訳ない」

エクトルはそう言って笑った。

「そうだ、バークレア伯爵夫人。あなたは姪《めい》のマデリアナと仲がいいそうですな。明日の晩餐《ばんさん》に姪《めい》を招待しているのですが、あなたも一緒にいかがですか？　もちろんバークレア伯爵もご一緒に。我が家に招待いたしますぞ」

まぁ、素敵。宰相《さいしょう》様とご一緒に夕食ですの？

「ええ、喜んでお受けしますわ」

ローザはにっこり笑ってそう答えた。

第十話　滅びの魔女伝説

「いらっしゃい。ローザ夫人。お待ちしていましたわ」

ダスティーノ公爵邸を訪れたローザとエイドリアンを出迎えてくれたのはマデリアナだった。

ふわりと笑うその顔は、相変わらず磁器人形のように美しい。

「こちらへどうぞ。ご案内するわ」

マデリアナが身を翻《ひるがえ》すと、彼女の淡いブロンドの髪が風にふわりと揺れる。彼女の背を追いつつ、マデリアナが無邪気なように見えてしたたかなのは、やはりダスティーノ公爵家の血かしら？　と、ローザはそんな風に思った。

マデリアナは儚《はかな》げな印象を与えながらも自立心が旺盛《おうせい》だ。控えめに振る舞いながら、どこまでも計算高い。無垢《むく》を装った顔の裏にあるのは、強くしなやかな大人の女性の姿である。

案内された先は、豪華絢爛《けんらん》な食堂だった。

シャンデリアに照らし出された家具は重厚で、テーブルに並べられた食器類は繊細で煌《きら》びやかだ。背後には侍女侍従がずらりと並び、ローザ達の到着を待ち構えていた。流石《さすが》、ダスティーノ公爵家の晩餐《ばんさん》である。

「本日はお招きいただきまして、ありがとうございます。宰相《さいしょう》閣下」

「ははは、そう堅くならずに。せっかくの夕食の席ですから。是非とも楽しんでもらいたいですな」

夜会服姿のエイドリアンに、しゃきしゃきとエクトルが挨拶を返した。夜会服に身を包んだエクトルは相変わらず知的で品がある。恰幅《かっぷく》の良い体には貫禄《かんろく》があった。

「ね、今回はとっておきのワインを用意したのよ。銘柄と年代を当てられるかしら？」

マデリアナがそう言って笑った。

ローザが彼女の期待通りの答えを口にすると、マデリアナが嬉しそうにはしゃぐ。

「ああ、やっぱり素晴らしいわ。あなたの豊富な知識は一体どこから仕入れたのかしら」

「大抵は父ですわ」

ローザの答えに、マデリアナが目を輝かせた。

「あなたのお父様……仮面卿ですわね？　彼はどんな方ですの？」

「怪物ですわね」

言葉を選ぼうかと思ったけれど、ローザは結局そう答えていた。そう、父は怪物だ。あらゆる分野において、驚異的な能力を発揮し、どんなことでも易々とやってのける。

「怪物……」

「ええ、できない事はない、そんな風に思わせる力がありますの。もちろん人間ですから、そんな事はないのでしょうけれど……」

マデリアナが目を細めて笑う。

「仮面卿は剣の達人らしいですわね」

「ええ」

「そしてワイン通」

「そうですわ」

「もしかして美術品にも詳しい？」

「ええ。わたくしの知識はほとんど父からもたらされたものですから」

「素晴らしいわ！」

マデリアナが絶賛した。

「ね、一度あなたのお父様にお会いできないかしら？」

マデリアナの要求に、ローザはワインを噴き出しそうになった。

「多分、無理だと思いますわ」

気持ちを落ち着けてからローザがそう答えると、マデリアナが小首を傾げる。

「あら、どうしてですの？」

「父は滅多に人前に姿を見せませんの。大抵は代理をよこします。会いたいと言って会えるものではありません」

「あら、でも、娘のローザ夫人は会えるでしょう？　その時にご一緒させていただくことは？」

「多分、無理ですわ。わたくしの傍にいても、邪魔だと判断されれば排除されます」

「排除」

「そう、まるでマジックを見ているような手際の良さで眠らされます」

「なかなかの食わせ者のようですわね？」

マデリアナがくすりと笑う。

ローザも一緒に笑いながら、内心は冷や冷やしっぱなしだった。

なかなかではなく、とんでもない食わせ者ですよ、マデリアナ嬢。敵だと判断されれば、昏睡《こんすい》ではなく死体になりますからね。ああ、本当、父と関わるのはやめていただきたいですわ。

「さてと、そろそろデザートですな。少々失礼させていただきます」

エクトルが立ち上がり、厨房に続く扉の向こうへ消える。

「宰相《さいしょう》様はどうなさったんですの？」

ローザがそう問うと、マデリアナがくすりと笑った。

「デザートを作りに行ったんですわ」

「宰相《さいしょう》様が料理を⁉」

「ええ、そう。おかしいでしょう？　皆さん驚かれますの。伯父の趣味だそうよ。でも、とても美味しいですわ。是非召し上がって下さいな」

ああ、宰相《さいしょう》様。料理もできるなんて、す、て、き。

ローザがハートマークを飛び散らかしていると、エイドリアンがその顔を覗き込んだ。

「……料理をする男が好きなのか？」

「ええ、とても」

「私が料理をするとどうなる？」

「どう、とは？」

「素敵か？」

ローザが視線を向ければ、夜会服に身を包んだ黒髪の美男子が映る。

やはり自分の好みではないと、そんな風に思ってしまう。自分はエクトルのようにふっくらとした体型が好みなのだ。安心感を覚えるからかもしれない。幼い頃、自分に親切にしてくれた紳士が小太りだった。

「……そうですわね、素敵だとは思いますが、旦那様の場合は、ばりばり仕事をする、の方がよろしいのでは？　料理ができても仕事をおろそかにするようでは、本末転倒ですもの。ちっとも格好良くありません。宰相《さいしょう》様の場合は、仕事も料理もできるから格好良いのです」

「仕事をきっちりやれば格好良い？」

「今のままでは駄目ですわね。もう少し仕事の質を上げませんと」

「そうか、そうだな」

ローザの口元に微笑みが浮かんだ。彼を好ましいと感じる瞬間だ。

「素直なところは旦那様の美点ですわね」

「……そこを褒められてもな。格好良いわけじゃないんだろう？」

エイドリアンはなんとも複雑そうだ。

「ええ、旦那様のような素直さは、時には悪手になりますもの。でも、素直であれば、他人の忠告を無下にすることもございませんでしょう？　ご自分を成長させる事ができます。ですから美点なのです」

「そうかな？」

エイドリアンは相変わらず難しい顔をしている。ローザはくすりと笑った。

理想とは違う、そう言いたげですわね。でも、旦那様？　わたくしは何故か、格好良い旦那様より、一生懸命で格好悪い旦那様を好ましく感じますのよ。へこみそうですから、言いませんけれど。

それから少しして出されたデザートはリンゴの焼き菓子で、アイスクリームとキャラメルソースが添えられていた。ローザは目を丸くする。プロの料理人のよう、そう思ったのだ。

「これ、本当に宰相《さいしょう》様が作られたんですの？」

「いやはや、お恥ずかしい。素人の趣味ですが、どうぞ召し上がって下さい」

「ええ、では遠慮なく」

口にすると、やはり味も伯爵家の料理長トニーに負けず劣らず美味である。

「とても美味しいですわ」

「それは良かった」

ローザが褒めると、エクトルが嬉しそうに笑う。

「そういえば伯父様、幽霊屋敷はどうなったんですの？」

マデリアナが持ち掛けた新たな話題に、エイドリアンは驚いたようだ。

「幽霊屋敷？」

「ええ、王都の外れに古ぼけた屋敷がございますの。そこに夜な夜な妙な人影が現れるとかで、薄気味悪いと噂になっていますわ。その話を伯父にしたところ、調査をして下さるとの事でしたので、どうなったかと……」

「調査？　幽霊の調査をしたんですか？　一体どうやって？」

エイドリアンが声を上げると、エクトルがきょとんとした顔になった。

「え？　はあ……普通に憲兵を派遣しましたが？」

「憲兵が幽霊退治を？」

仰天《ぎょうてん》したエイドリアンに、エクトルが豪快に笑う。

「ははは、バークレア伯爵は面白い方ですなぁ。冗談がお好きなようで」

「いえ、あの、冗談ではなくて、ですね。憲兵はその、幽霊を相手に一体どうやって立ち回ったのですか？」

エクトルは再び呆けた表情になる。

「はあ……夜な夜な人影が現れるというのなら、普通は、犯罪の可能性を真っ先に疑うのでは？　幽霊だなどと馬鹿馬鹿しい。盗賊の巣窟《そうくつ》になっている可能性があります。一網打尽にしないと、犯罪を見過ごす事になるでしょう。悠長に構えてなどいられませんな。迅速に対処しなければいけません」

エクトルの意見に、しんっと静まりかえる。至極もっともな意見に、ごほっと所在なげにエイドリアンが咳をし、ローザがほほほと笑う。

「ええ、こんな感じで、旦那様の素直さは、時に悪手になる事もございますわね。もうちょっと諸事情を考えてから発言いたしませんと」

エイドリアンが言う。

「……君も宰相《さいしょう》閣下と同じ意見だったのか？」

「ええ、一応」

「一応？」

「我が国には、滅びの魔女伝説がありますから、超常的な力を否定する気はありませんのよ、旦那様」

「……君はあの子供じみた伝説を信じているというわけか？」

「あら、旦那様もでしょう？　ふふふ、幽霊を信じているくらいですものね？」

ローザに笑われて、エイドリアンは返す言葉がない。エクトルが言葉を引き取った。

「滅びの魔女伝説ですか。確か、滅びの魔女の秘薬を飲んだ人間は、他者に対して強い敵愾心《てきがいしん》を抱くようになるとか。もしかしたら滅びの魔女は、天才的な薬師だったのかもしれませんな。多くの怪しげな薬を用いて人心を操作した、そんな所でしょう。そして、その魔女を討ち滅ぼした聖王リンドルンは、そのカラクリを看破したのでは？　彼は非常に優れた頭脳と、優れた身体能力を併《あわ》せ持っていたようですから。そう、奇跡の申し子、オーギュスト殿下のように……」

「オーギュスト殿下？　第一王子の？」

エイドリアンの問いに、エクトルははっとしたように口を閉じた。

「ああ、いや、これは、申し訳ない。禁句、でしたな」

「あ、いや、差し支えなければ是非聞きたいのですが……もしかして宰相《さいしょう》閣下は、オーギュスト殿下と親しかったのですか？」

エクトルはなんとも言いようのない顔をし、ゆっくりと答えた。

「……乳兄弟でした」

「本当ですの？　伯父様」

ローザはもとより、マデリアナも驚いたようである。身を乗り出したマデリアナに、エクトルが神妙に頷く。

「そう、殿下と私は、実の兄弟のように育ちました。なんでも言い合える仲で……ですから、いまだに信じられないのです。父王を殺害など、あの方がそんな真似をするわけがない。情に厚い、優れた人格者でした。誰よりも父王を敬っていました。けれども、証言者があまりにも多く、罪状を覆《くつがえ》せませんでした。無念です」

「偽証の可能性は？」

エイドリアンの問いに、エクトルが頷く。

「ええ、疑いました。ですから、不正があるのなら是正しようと調査を進めていたのですが、間に合いませんでした。処刑までの期間があまりにも短かった。陰謀の臭いがして仕方がありませんでしたが……同時に気になったのは、オーギュスト殿下を慕《した》っていた者達が、手のひらを返したように、彼を悪《あ》し様《ざま》に罵《ののし》っていた事でしょうか。少々、普通でないように見えましたので。かく言うこの私も……」

「宰相閣下《さいしょう》も？」

訝《いぶか》しげな声を漏らしたエイドリアンに向かって、エクトルが再度頷く。

「何故でしょうな？　あれほど尊敬していたオーギュスト殿下を前にすると、妙な嫌悪感というか、こう、罵《ののし》りたくなるんです。混乱しました。あんな経験は初めてです」

「つまり、その……慕《した》っていたはずなのに、突如嫌いになった？」

困惑気味のエイドリアンに、エクトルが答えた。

「ええ、そんな感じでしょうか。しかし、あれはそんな単純なものではありません。私はいつも理性で行動します。感情のままに動くことが、どれほど愚かな行為であるか知っているつもりですから。なのに、抑えようとしても罵声《ばせい》が口をついて出る。あえて言うなら、誰かに言わされているような、そんな感じでしょうか……。その上、さらに奇妙だったのが、殿下から離れると今度は感情の揺れがぴたりと収まるんです。実に、そう実に奇妙な感覚でした」

エクトルは呻《うめ》くように言った。

「謎は謎のまま、この先どうしたって解けそうにありませんが……それよりも何よりも、私はどうしても忘れられんのですよ、殿下のあのお顔が……」

エクトルの苦悩の声には、なんとも言えない無念さがにじみ出ている。

「乳兄弟として育ち、信頼していた私からも罵倒《ばとう》され、さぞ、ショックだったのでしょう。絶望したような、そんな表情で……けれど、殿下に近づけば、例の攻撃的な意志がふつふつと湧き上がってどうしようもない。自分で自分の気持ちが全く理解できませんでした。何故あんな事になったのか、いまだに分かりません」

「滅びの魔女の秘薬」

気がつけば、ローザはそう口にしていた。なんとも伝説通りではないか。

エクトルが眉をひそめた。

「滅びの魔女の秘薬？　あれは単なる言い伝えです。先程は薬師だの怪しい薬だのと、ああいった物があたかも実在するかのように振る舞いましたが、あくまであれは大昔の話で、そうであったかもしれないという架空の話です。実際にそんなものは存在しませんよ」

「ええ、そうかもしれませんわね。けれど、伝説で語られている内容とよく似ていませんこと？仲の良い家族が、友人達が、ある日なんの理由もなく、突然いがみ合う。そんな事が繰り返し起こり、国は衰退。内乱に次ぐ内乱で、多くの国が滅んでいったのではありませんか？」

「確かにそうですが……」

「もしかしたら、そう、滅びの魔女の秘薬を、誰かが復活させたのかもしれませんわよ？」

もしそれが事実なら、大変な事になりますけれど。

ふふっと笑うローザの顔を、エクトルはじぃっと見つめた。

「……もう一つ言ってもよろしいか？」

「ええ、なんなりと」

「バークレア伯爵夫人、あなたの笑った顔が、その……よく似ています。オーギュスト殿下の愛妻だった、ブリュンヒルデ様に」

「ブリュンヒルデ……ブリュンヒルデ・ラトゥーア・リンドルンですの？」

ローザは記憶の中の名を口にする。

王家の家系図はローザの頭の中に叩き込まれている。これもまた父に教え込まれたのだ。忘れるな、と。忘れるな……何故？　父はいつだって、命令はしても、その理由を口にしない。

ローザは父親の酷薄で美しい横顔を思い浮かべ、顔をしかめた。

そう、横顔だ。父はいつだって自分をまともに見ようとしない。温かく微笑むことも、抱きしめることもない。何故、父はああも自分に冷たいのか……

エクトルが頷いた。

「ええ、そうです。彼女は美しく聡明な女性でした。今のあなたのように……。小さい頃はおてんばで、大きくなったらおしとやかな女性になられましたなぁ。いやはや私の初恋の人でした」

ローザは思わずぐいぃと身を乗り出してしまう。

「初恋？」

「あ、いやはや、その、わ、忘れて下され。お恥ずかしい」

エクトルが照れ臭そうに笑う。

「と、ということは、わたくしの顔は、宰相《さいしょう》様の好みど真ん中ですの!?」

「え？　いえ、そ、そうですな……そう言われれば、はい、そうだと思います」

異様な迫力に押され、エクトルは引き気味だが、当のローザの周りには色とりどりの花びらが舞い飛ぶようだった。

宰相《さいしょう》様の好みど真ん中、宰相《さいしょう》様の好みど真ん中、宰相《さいしょう》様の好みど真ん中……

嬉しい言葉がローザの脳内をリフレインする。まさしく脳内薔薇色だ。

エイドリアンがごほんと咳をした。

「ローザ？」

「え？　あ、はい、なんですの？」

「まだ食事中だ。座った方が良い」

「え？　あら、そうですわね、失礼」

ローザはほほほと笑い、楚々《そそ》と椅子に腰掛ける。

つい、食いついてしまいましたわ。危ない、危ない。はしたない女と思われないようにしないといけませんわね。優雅に、おしとやかに、と……

「ああ、そうですわ。明日、伯父と一緒に美術品のオークションに参加する予定ですの。ローザ夫人もご一緒にいかが？　玄人《くろうと》ばかりを相手にした特別なオークションですので、飛び入り参加は普通なら認められませんけれど、わたくしが話を通しますわ」

「もちろん喜んで！」

マデリアナの提案に、再び立ち上がりそうになる所を、ローザはぐっとこらえる。優雅に、おしとやかに……今までに培《つちか》った自制心だ。

「あー……私も行ってもいいですか？」

エイドリアンがそんな事を言い出して、ローザは遠慮しなさいと言いたい所を、またまた笑顔でこらえる。あなたは美術品になんか興味ないでしょうとも言いたかったが、これまた言えない。見た目は微笑みを浮かべた優雅な貴婦人そのままだ。心情は欠片《かけら》も表情に出ていない。あっぱれ。そしてマデリアナもやはり貴族である。

「ええ、もちろん歓迎しますわ」

にっこり笑ってそう答えたのだった。貴族は基本、八方美人。

第十一話　情熱的な口づけ

「浮かれているな？」

馬車に揺られながら、エイドリアンがそう言った。マデリアナに誘われ、オークション会場へ向かう道中だ。

ローザはちらりとその横顔に目を向ける。

窓の外を眺めるお顔が、何やら不機嫌そうですわね？　むくれていらっしゃいます？

「あら、いつも通りですわ」

「身支度が念入りだった」

エイドリアンがそう指摘する。

「女はいつでも綺麗でいたいものですわ」

「私の前ではすっぴんじゃないか」

「仕事中に化粧など必要ありませんでしょう？　それに……」

ローザは、ずいっと身を乗り出した。

「旦那様はわたくしの素顔が好きと、そうおっしゃいませんでしたか？」

すると、エイドリアンはぐっと言葉につまり、ぷいっとそっぽを向く。

「確かに可愛い……」

「あらあ、言うようになりましたわね」

「そんなにあの男がいいのか？」

拗《す》ねたような口調だ。

「あら、焼き餅ですの？」

「……悪いか」

エイドリアンのなんとも素直な返答に、ローザは目を丸くしてしまう。

焼き餅……旦那様が？

つい、まじまじと見れば、横を向いたエイドリアンの顔がやはり赤い。ローザは笑いたくなるのをぐっとこらえた。

本当に旦那様は素直ですわね。

父に脅されても逃げ出さず、白薔薇の騎士の力量にもひるまない……ふふ、やっぱり旦那様は可愛いですわ。へたれなのに根性があって、なかなか良い感じです。この綺麗な顔がもうちょっと崩れていれば、なんて思ってしまいますわね。綺麗な顔は苦手ですのよ。申し訳ないけれど。

「まぁ、旦那様はわたくしのタイプでは、ぜんっぜんないのですけれどもね」

「そこは否定しろ」

「そういった素直な所は、本当に可愛いと思いますわ」

肩を落とし、背もたれに身を預けていたエイドリアンが、がばっと起き上がる。

あら、本当に可愛いですわね。こういった所は、ちっちゃな子供がそのまま大きくなった感じです。

エイドリアンがごほっと咳をし、確認するように言う。

「か、可愛い？」

「ええ、可愛らしいです」

「き、キスしたいと思うくらいに？」

ローザはきょとんとなってしまう。

あら？　あらあらあら。頬が赤いですわ。キスのおねだりですか？

「……誓いのキスもしていない」

エイドリアンがそう言い出し、ローザはふと思い出す。

「あら、それは旦那様があの時、顔を背けたからですわ。わたくしのせいではありません」

そこでエイドリアンが、勢い良く振り向いた。

「分かってる！　ぜーんぶ私が悪かった！　謝る！　だからせめてそれくらいは！　キスで子供はできない！　親愛の情でもなんでも良いから！」

もの凄く必死です。しょうがありませんねぇ。

「旦那様」

ローザは腰を浮かせ、エイドリアンの唇にちゅっとキスをする。一瞬きょとんとするも、はっと我に返ったエイドリアンはすかさずおねだりだ。

「もう一回」

中腰だったローザは、引っ張られてエイドリアンの膝の上にいた。ローザの目の前に端整な顔がある。黒い瞳に見つめられても嫌悪感は覚えない。

ローザはじっとエイドリアンの顔を見つめた。

不思議ですわね、綺麗な顔は苦手なのに、やっぱり旦那様の場合は可愛いと思ってしまいますわ。中身が可愛いから……？　ええ、そうかもしれませんわね。

重ねた唇が熱い。

溶け合う心地よさが絡み合う。こういったキスは初めてだった。情熱的で官能的……

素敵ね……ローザはそんな風に思う。

そも、自分は恋をした事すらない。これが初婚で、恋人がいた事もない。何もかも初めての経験。けれど知識だけは豊富で、男を手玉に取れる。圧倒的に足りないのは経験だ。

そしてその初めての経験は想像以上だった。うっとりとした吐息が漏れてしまうほど。

素敵ね……ローザは再度心の中でそう呟いた。

初めてのキスに夢中になりすぎたのだろうか、ふと気がつけば、エイドリアンの手がローザの胸元に伸びている。体を触りたがるのは男だから仕方がない、そうは思うが、ここは馬車の中だ。駄目よ、そういう思いを込めて、ローザはその手をつねる。

「触るだけ……」

エイドリアンはなんとも不満そうだ。

駄目ですよ、もう。

「ここは馬車の中ですったら。事後処理、自分でなさいます？　わたくしは遠慮させていただきます」

男の生理現象くらい知っている。こんな場所でどうしろというのだろう？　娼婦の真似事はごめんだ。

「事後処理……」

「意味が分からないのでしたら、詳しく説明して差し上げますが？」

「いらない、分かる。分かった、やめておく」

聞き分けの良い子は好きですよ。

ローザはくすくすと笑う。

馬車が停まった。エイドリアンにエスコートされて会場へ向かい、入り口でマデリアナとエクトルの両名と合流する。会場の受付で、入場の証として赤い薔薇を手渡された。

赤い薔薇……

ローザはそれにじっと視線を注いだ。赤い薔薇を見ると、どうしても父の顔を思い出す。赤い薔薇を父に喩《たと》えたのは一体誰だったのか……

赤い薔薇は血の香り……

そんな不吉な連想に、ローザは頭を振った。

赤い薔薇は苦手ですわ。妙な記憶を刺激されますもの。

美術品の競《せ》りが始まると、エイドリアンがローザに囁《ささや》いた。

「……今競《せ》り落とされたやつ、家一軒建ちそうな値段だったが……」

これが普通か？　と口にする。

「ええ、そうですわね？」

「たかが、絵一枚で？」

「安いくらいでしたわ」

ローザの言葉にエイドリアンは驚いたようである。あら、こういった場所は初めてですの？

ローザがそう問うと、エイドリアンがもそもそと言った。

「家督を継いだ兄がしょっちゅう遊び歩いていたので、大抵私は家で留守番だ。遊んで歩いた記憶はその、ほとんどない」

あら、それはお気の毒。ああ、それで旦那様は堅物なのかしらね？

「あの絵も三千ギルスか？」

旦那様が指し示した絵を見て、ローザは、あら？　と首を傾げた。鑑定はきちんとしていますわよね？　こういった所は信用が第一ですし。でも、本物にしては色合いが……

「お前はあんなガラクタに三千ギルスも払うのか？」

突然背後からかけられた聞き覚えのある声に、ローザはぎくりとなった。

「ド、ドルシア子爵！」

そう叫んだエイドリアンの腰が浮く。

そう、そこにいたのはドルシア子爵だった。ローザ達の後ろの席に一人ゆったりと腰かけていて、胸ポケットには入場許可の印である赤い薔薇が挿《さ》してある。

——オーギュには赤い薔薇がよく似合う……

赤い薔薇を目にして、やはりローザの脳裏に、奇妙な記憶の断片が浮かび上がる。

誰がそう言ったのかしら？　覚えてはいないけれど、確かに誰かがそう口にした。

甲高い女の声。あまり感じは良くない。

オーギュ？　お父様の名前はジャック……渾名《あだな》かしら？

ちらりとローザが周囲に視線を走らせると、自分達五人とそれぞれの護衛以外は誰もいない。ここだけぽっかりと空間が空いているから、いつの間にかドルシア子爵が人払いをしたのかもしれなかった。

「座れ」

立ち上がったエイドリアンに向かって、ドルシア子爵の叱責が飛んだ。

いえ、多分、お父様は普通に言っただけですわね。でも、どうしても命令口調に感じてしまうわ。

「ガラクタ?」

再び椅子に腰かけたエイドリアンが訝《いぶか》しげに問うと、ドルシア子爵が淡々と言った。

「偽物だ。買いたければ買え。笑い者になって、次からは入場禁止になる」

そこで、ローザははたと気がつく。

そうだ、こういった玄人《くろうと》専用のオークションでは、参加者全員が鑑識眼に絶対の自信を持っていて、単なる成金の参加を許さない。それで、時々こういったフェイクを出して、客を試すことがあると聞く。

目にしたのは初めてですけれど、結構えげつないやり方ですわね。

マデリアナが目を輝かせて身を乗り出した。

「まぁ! ドルシア子爵ですの? お初にお目にかかります。わたくし――」

そう自己紹介しようとするも、ドルシア子爵はそれを遮《さえぎ》った。

「……マデリアナ・ドリスデン。ドリスデン伯爵の娘で、父親と同じく美術品に目がない。宝石よりも絵画が好きで、デリス・デラとも懇意《こんい》にしている。奴は贋作師《がんさくし》だが、気に入ったらしいな? 自分でも真似て絵を嗜《たしな》むか……。贋作師《がんさくし》にでもなるつもりか?」

わたくしが知らないことまで知っているって、本当に情報通すぎて怖いくらいですわね。

ローザはそう思うも、マデリアナはひるむことなく、コロコロと笑った。

「あら、絵を学ぶには贋作《がんさく》が一番ですわ?」

次いで、しげしげとドルシア子爵の顔を眺める。

「……ドルシア子爵は本当に仮面を着けているんですのね？」

そんな事を言い出し、ローザはひやりとした。

仮面については触れないでほしいですわ。父は詮索が大嫌いです。

マデリアナの水色の瞳がふうっと熱を帯びた。まるで恋する者のそれのよう。

「わたくし、人体骨格にも興味があって勉強しているんですけれど、あなたはその、驚くほど全体のバランスが良いですわ。とても、とても綺麗です。あなたをモデルにして絵を描きたいくらい……。もったいないと思います。何故そんな野暮ったい仮面を着けているんですの？　ない方がよろしいですわ」

「……火傷《やけど》の痕《あと》がある」

ドルシア子爵が口にしたのは、いつもの説明だ。

「大怪我を？」

「そうだ」

「事故ですの？」

「いや、焼けた鉄で殴られただけだ」

マデリアナが息を呑む。

ええ、普通は死にますわよね。さらりと言わないでほしいものです。

「あなたに怪我をさせるなんて、よほどの猛者《もさ》だったのでしょうね？」

マデリアナはドルシア子爵が剣の達人である事を知っている。それでそう言ったのだが、当の本人は失笑した。

いいえ、嘲笑かもしれませんわ。

「ふ、はは……あれが猛者《もさ》？　臆病者の豚だ。圧倒的に有利な立場にあっても、まともにやり合おうとしない。ああ、口は閉じていろ。詮索は好かない。いいな？」

父親の目つきが変わった事に、ローザは気がつく。相手を威圧する時の眼差しだ。これをやられると大の男でも口を閉じる。やはりマデリアナも口を閉じた。

ええ、賢明ですわね。これ以上の詮索は流石《さすが》に危ないですわ。父は過去を探られることを、ことのほか嫌がりますもの。

「……それと、お前が描いた贋作《がんさく》が二点市場に出回っている。目障りだ。回収しろとお前の父親に言っておけ」

ドルシア子爵がそう告げると、マデリアナは目を丸くした。

「もしかして、父と知り合いですの？」

ドルシア子爵はその問いには答えず、そのまま横を向いた。

「エクトル、冷や汗が出るか？」

ローザはびっくりした。自分の父親がダスティーノ公のファーストネームを口にした事が意外だったのだ。二人を交互に見つめてしまう。

知り合い、な訳ありませんわよね？

ドルシア子爵の口元が、笑みの形につり上がった。

「私が近づけば秘薬の力が働くから、感情の制御が大変だろうな？　私を罵倒《ばとう》したいか？　出ていけと罵《ののし》りたいか？　好きにしろ。その方がお前も楽だろう？」

不意に、勢い良くエクトルが立ち上がった。

「も、申し訳ありません。か、厠《かわや》へ……」

消え入りそうな声である。ローザは眉をひそめた。

宰相《さいしょう》様の顔色が悪い？　お父様が口にしたように、確かに冷や汗をかいているような……。手にしたハンカチで何度も額を拭っている。手が震えている？

「座れ」

ドルシア子爵が再び命令するも、エクトルは微動だにしない。仮面の中の緑の瞳がすうっと半眼になる。

「……お前の自制心は大したものだな、エクトル」

ゆったりとした仕草で、ドルシア子爵がそう言った。

「感情より理性が勝るか……。ここまで己の感情を制御できたのは、お前が初めてだ。はなからお前に接触すべきだったか……」

「何を言っているのか……」

ドルシア子爵がパチンと指を鳴らすと、周りにいた護衛達が動き、エクトルを羽交《はが》い締《じ》めにした。

「お父様！」

「黙っていろ」

ローザはひやりとなった。

あ、これは駄目だわ。逆らう意志を見せただけで、川に叩き込まれたあの時と同じ事になると直感する。分かりたくありませんけれど。もう、こうなってくると、長年連れ添った夫婦みたいですわね。阿吽《あうん》の呼吸で相手のやる事が分かる。全然嬉しくありませんが。

こちら側の護衛は昏倒ですか。いつものように手際が良すぎです。参加者達は何も言いません……根回しされている？　そんな感じですわね。誰もこちらに注目しませんもの。

「解毒薬だ。飲め」

ドルシア子爵が小さなグラスを差し出した。中に入っているのは赤い液体で、まるで血のようにも見える。

なんの液体か、ちょっと考えたくありませんわね。

「解毒薬？」

エクトルが訝《いぶか》しげな声を漏らした。

「そうだ、気分が良くなる」

「そんな怪しげな物を飲めるわけ……」

周囲を取り囲んでいた護衛達が動いた。無理矢理エクトルの口を開け、液体を流し込もうとする。

ローザはとっさに動いた。

ええ、動くべきじゃないと分かっていたのに、駄目ですわね。お父様と組み手になりましたが、こちらの攻撃をことごとく防がれて、わたくしまで羽交《はが》い締《じ》めですわ。

「お父様！　宰相《さいしょう》様を害したら許しません！」

父親に羽交《はが》い締《じ》めにされたまま、ローザはじたばた暴れた。

意味はありませんけれど！　拘束を振りほどけた試しがありませんもの！　どれだけ怪力なんですかあ！

「わ、わたくしが毒味をします！　毒味をしますからぁ！　さ、宰相《さいしょう》様がいなくなったら、わたくし……い、生きていられませんわぁ！」

ローザはわんわん泣いた。

ええ、恥も外聞もありませんわぁ！　命は一つしかありませんのよ！　宰相《さいしょう》様が死んでからでは遅いのです！

「……毒ではない」

ドルシア子爵が呆れたように言った。

「そ、そんなの分かりません！　お、お父様は、わたくしの飲み物に、毒をしょっちゅう混入してたではありませんかぁ！」

エイドリアンが驚き、マデリアナが口元に手を当てる。

「そんな事をされていましたの？」

ほらほらぁ、普通は驚きますわよ！　父は鬼畜《きちく》です！　外道《げどう》です！　絶対普通じゃありません！

「あれは毒への耐性を付けさせるためだ、馬鹿者」

「はい？」

ふっと体を拘束する力が消え、ローザは父親が立ち上がった事を知る。

「……興ざめだ。出直す」

ため息をついた姿が、なんとも不機嫌そうだ。

「あ、お待ちを！」

ドルシア子爵が身を翻《ひるがえ》すと、同じく拘束から解放されたエクトルが呼び止めた。

「……あなたが先程言ったように、気分が良くなりました。あなたに対する嫌悪感が消えた……あれは一体……」

エクトルが戸惑うようにそう言うと、僅《わず》かに振り返ったドルシア子爵の仮面の下の顔が、ふっと笑ったように見えた。漆黒のマントがふわりと翻《ひるがえ》る。それを見たエクトルは目を見張った。驚愕の表情だ。

「オーギュスト殿下？」

第十二話　張り巡らされた罠《わな》

「オーギュスト殿下だって？」

ドルシア子爵が立ち去った後にぽつりと響いたエクトルの言葉に、誰もが驚く。

「ええ、はい。仮面をしていましたが、あれは確かに殿下でした。声も……他人のそら似にしては似すぎているような気がして……」

「で、でも、伯父様。彼は処刑されたはずでしょう？」

マデリアナの問いに、エクトルが頷く。

「ええ、断頭台に立った所をこの目で見ました。首を落とされた所も……」

「なら、別人じゃないかしら。他に心当たりはありませんの？」

マデリアナの言葉に、エクトルはふと思いついたように言った。

「顔を見ていません」

「え？」

「処刑のために布をかぶっていましたので、そう……顔は見ませんでした」

「確認しなかったという事ですの？」

「処刑人が確認しているはずです。それに……もしあれが別人なら、どうして大人しく自分の足で歩いて断頭台に上ったのか……理解できません」

「それもそうですわね……」

マデリアナが同意する。

そこへ突如響いたのは女性の悲鳴。会場の外だ。

「出てこい！　仮面卿！」

ローザ達が急ぎ外へ出ると、そこにいたのは目を血走らせた五十代くらいの男だった。武器を手にした多くの兵隊を従えている。

「ここにいるのは分かっている！　隠れても無駄だぞ！」

その男の声に応えるように人垣を割って前へ出たのは、間違いなくドルシア子爵こと仮面卿だった。仮面をしているので彼の内心はおろか、表情を探るのも難しい。目を血走らせた男がにやりと笑った。

「はっ、はー……見つけたぞ。よくも、よくも私の獲物を横取りしてくれたな！　殺してやる！　殺してやるぞ！　なぶり殺しだ！　覚悟しろ！」

ローザは男の顔に見覚えがあった。ブロディス伯爵だ。あまり良い噂を聞かない。お稚児《ちご》趣味があり、邸《やしき》にたくさんの年若い少年を囲っているという。真偽は定かではないが……

ローザは護衛の剣を奪い、父親の隣に立った。

「お父様！　加勢いたしますわ！」

いつものように颯爽《さっそう》と剣を構えてみせる。

よく言った、そんな言葉は期待していなかったけれど、それ以上に、ローザは父親の行動に目を見張った。漆黒のマントが風に翻《ひるがえ》り、ローザの目の前にあったのはなんと、仮面卿の背中だったのだ。

そう、仮面卿がローザの眼前に立ったのである。まるで暴漢から自分をかばうように……

「下がっていろ」

父親の声がそう告げ、ローザは心底驚いた。仮面の下、ただでさえ前を向いていて父親の表情は分からない。自分に向けられる緑の瞳は、いつだってこの声のように無機質だ。でも、これは……

「で、です、が……」

どうしても声が掠《かす》れてしまう。

こういった時のために自分を鍛えたのでは？　あなたの盾になるように、そういう意図だったはずｰ……

そんな声にならない声が、ローザの胸の内から漏れた。

これでは、あの過酷な鍛錬《たんれん》は一体なんのためだったのか……

ふと、振り返った仮面の奥の緑の瞳が細められ、ローザはどきりとする。

仮面卿の手がローザに向かって伸び、大きな手が頬に添えられた。ひやりとした感触に身を縮めそうになる。抱きしめる事はない代わりに、父はよくこうして自分に触れてくる。親愛の情を示す仕草とも取れるが、ローザはこれも苦手であった。どうしても、身をすくめてしまう。恐ろしいと思ってしまう。実の父親なのに……

赤い薔薇は血の香り……

この奇妙な記憶の断片は一体なんなのか。

――オーギュには赤い薔薇がよく似合う……

この台詞《せりふ》も、一体誰が口にしたのだろう？　甲高い女の笑い声……耳障りで不快感を煽《あお》られる。

――唯一無二の光……私の宝……

これは多分、お父様の声……ここだけは包み込むように温かい。そう、ここだけは。

仮面卿の声が耳に届く。

「……お前を鍛えたのはどんな状況でも生き残らせるためだ。自分に降りかかる危険を自分の手で回避できるようにしたまで。それ以上でもそれ以下でもない」

毒の混入は毒への耐性を付けさせるため……先程、彼は確かにそう言った。

でも、どうして？　一体何を警戒しているの？　父は何も語らない。いつだって命令を下すだけ。

「捕まえろ！」

ブロディス伯爵の合図一つで、彼の兵隊が動いた。

にやにや笑う彼の顔は、驚くほど醜悪《しゅうあく》である。しかし、それが驚愕に歪《ゆが》むのは速かった。仮面卿に肉薄した兵隊のことごとくが、飛んできた矢の餌食《えじき》となったのである。

あっという間の出来事で、ローザの理解が追いつかない。頭を胸を貫かれ、一瞬で兵隊の全てが絶命した。目を射貫かれた者もいる。生きて立っているのは、その場を動かなかったブロディス伯爵ただ一人だ。

仮面卿が口を開く。

「……終わりか？」

つまらん、そんな心の声が聞こえるよう。

「な、な……どうして？」

掠《かす》れた声がブロディス伯爵の口から漏れる。

「護衛くらい連れ歩く」

仮面卿の周囲に弓を持った人物などいない。見えない場所に矢をつがえた護衛が潜んでいるのだろうけれど、矢がどこから飛んできたのかすら分からなかった。

身の危険を感じたブロディス伯爵が、すぐ傍にいた婦人を羽交《はが》い締《じ》めにした。きゃあという婦人の悲鳴が上がる。

「こ、こっちへ来い！　お前一人でだ！」

ブロディス伯爵がそうがなり立てた。目が血走っている。仮面卿がゆっくりと歩き出す。女性を羽交《はが》い締《じ》めにしたブロディス伯爵に向かって真っ直ぐに。

ローザは、その行動にも目を見張った。

放っておくとばかり……

「は、はは、そうだ、それでいい。そのままこっちへ来い」

ブロディス伯爵が狂気じみた笑いを漏らすが、それが悲鳴に変わったのは次の瞬間だ。仮面卿の投げたナイフが彼の腕に突き刺さったのである。

ブロディス伯爵が悲鳴を上げ、その場に倒れ込む。解放されて逃げ出した婦人が泣きながら礼を言った。

「望みの獲物だ。好きにしろ」

仮面卿がそう告げると、オークションの参加者達が動いた。ブロディス伯爵に群《むら》がり、口汚く罵《ののし》り始める。

「よくも、ジルを！」

「息子を帰せ！」

「この人でなし！」

ブロディス伯爵がぎょっとしたように周囲を見回した。

「な、なに……」

仮面卿が言う。

「……ここにいるのは、お前が攫《さら》った子供達の血縁者だ。さて……お前が邸《やしき》に連れ帰った子らのうち、どのくらいが生きて帰った？」

ブロディス伯爵が口をパクパクさせる。

「言い訳はそいつらにしろ」

「な、なんで……」

仮面の奥の瞳が細められた。

「餌に食いついたのはお前だ。お前の無能ぶりを恨め」

「餌……」

「得た情報が掴まされたものでないかくらい、疑ったらどうだ？　もう、遅いがな」

悲鳴を上げるブロディス伯爵が引きずられていく。

もしかして……お父様がブロディス伯爵を罠《わな》に嵌《は》めた？

「待って、待って下さい！　ドルシア子爵！」

声を張り上げたのは、エイドリアンだ。仮面卿に近づこうとして、護衛らしき男に張り倒され、跪《ひざまず》かされる。

「こんなやり方は間違っています！」

「ほう……なら、お前ならどうすると？」

「陛下に進言して裁きを！」

仮面の奥の緑の瞳が細められた。

「……無駄だ。平民の命は軽い。ブロディス伯爵とそいつらを天秤《てんびん》にかければ、あの豚はブロディス伯爵を取る。そら、血塗《ちまみ》れ伯爵の時はどうだった？　あれは百人もの平民を殺傷していながら、おとがめなしになったぞ？　ああ、貴族のお前では覚えてもいないか」

エイドリアンは目を見開く。

「ですが、もっと他にやり方が！」

「言ってみろ」

「え？」

「他に方法があるのだろう？　言ってみろ。聞いてやる」

「……」

仮面卿の追及にエイドリアンが黙り込み、そこへ割って入ったのはエクトルだ。

「残念ながら平民の命のためには誰も動かないでしょう。もしこれが貴族であったなら、そう……繋がりのある貴族の力を借りて、横暴を止める事もできます。ですが、平民のために王家に逆らう貴族はいませんな。皆、我が身が可愛い」

エクトルは仮面卿の顔をじっと眺める。

「仮面卿、あなたの本当の名は？」

エクトルの質問に仮面卿は答えない。ちらりとローザに視線を送り、そのまま身を翻《ひるがえ》す。

「いずれ分かる。時を待て」

そう告げ、闇に溶け込んだ。

第十三話　暴君と王妃

「この無礼者め！」

夕食の席で、ハインリヒ国王が手にしていた酒の杯《さかずき》を投げつけた。頭からワインをかぶった侍女は平謝りだ。

「も、申し訳ありません、陛下。何卒《なにとぞ》、何卒《なにとぞ》ご容赦を……」

緊張から手元を誤ったのだろう、酒を注《つ》ぎそこなった侍女は、深々と頭を下げたまま、かたかたと震えている。国王の不興を買ったら、鞭《むち》打ちなどは日常茶飯事だ。手を切り落とされる場合もある。怯《おび》えるのも無理はない。

そこへ、王妃の弟であるフェインが割って入った。

「陛下、少々お話があるのですが。よろしいでしょうか？」

「なんだ？」

フェインが侍女に下がるように合図すると、彼女は逃げるようにその場を辞した。

「例の増税の件で、財政長が今一度陛下と話し合いたいと言っておりますが、いかがいたしましょう？」

「……話すことなど何もない。言った通り税を取り立てればそれでいい」

不愉快そうにそう切って捨てられる。

「いえ、それが難しいと……」

ハインリヒ国王がフェインをじろりと睨む。

「それをやるのが財政長だろう？　無理なら牢《ろう》に入れるとそう言え。他の奴に担当させる」

「いや、しかし、それではあまりに……」

「フェイン」

ハインリヒの声に不穏な色が混じる。

「王妃の弟だからといい気になるなよ？　お前ごとき簡単に潰せる」

「も、申し訳ございません」

フェインは急ぎ謝罪する。とはいえ、立ちはだかる問題に内心冷や汗ものであった。増税の難しい原因の一つが商人達の団結だ。そして何故かそれに協力する貴族がいるという。

それが、どうしても解せなかった。

商人と貴族が癒着《ゆちゃく》するのは別に珍しくもないが、基本、貴族は搾取《さくしゅ》する側だ。普通は、増税する事になっても、貴族が平民である商人をかばう事はない。自分達も増税による恩恵を受けるからだ。なのに、今回に限ってどうしてここまで両者の足並みが揃うのか……

誰か、まとめ上げている者がいる？

そこでフェインはふっと思い出した。

「……陛下、あの噂は本当でしょうか？」

そう、単なる噂だ。けれども、どうしても頭から離れない。

「噂？」

「……ブロディス伯爵が先日、無残な遺体となって発見されたのは、その……仮面卿の仕業《しわざ》ではないかと、もっぱらの噂です。彼に断罪されたのだろうと……」

フェインはおずおずとそう口にした。

ブロディス伯爵は、市井《しせい》からたくさんの子供達を攫《さら》ってきていた。けれど、平民の命は貴族のそれよりも軽い。たとえ殺されても、貴族の味方をする陛下が是と言えば是になるのだ。つまり、無罪となってしまう。

だから仮面卿が断罪したのだろうと、そんな噂が流れていた。血も涙もない冷血漢……これはもっぱら貴族達の間で囁《ささや》かれる彼の人物像だ。彼の持つ組織力を恐れる貴族達がそう口にする。

ハインリヒが怪訝《けげん》そうに眉をひそめた。

「仮面卿？」

「ドルシア子爵の事です。その、彼にはそういった渾名《あだな》が……」

フェインの言葉の途中で、ハインリヒはふんっと鼻を鳴らし、その先を遮《さえぎ》った。

「は、馬鹿馬鹿しい。一介の子爵ごときに何ができる。おおかた噂が先行しただけであろうよ。小物のはったりだ。気になるようなら、適当な罪状をでっち上げて、ドルシア子爵を処刑させようか？　さらし者にしてやってもいい」

フェインの顔がさあっと青ざめた。

「い、いいえ、滅相《めっそう》もない！　単なる噂ですよ」

「ふん、そうであろうな」

ハインリヒは体の大きな男だった。厳《いか》めしい顔つきで、腹違いの兄であるオーギュストとは全く似ていない。オーギュストが線の細い美男子なら、こちらは武人といった雰囲気が全身からにじみ出ている。

横に並べば誰もが現陛下の方が強そうだと感じるだろうが、実際には、彼が兄オーギュストに勝った試しはない。それがどうもコンプレックスであるらしく、その事実を指摘すると烈火《れっか》の如く怒り狂うので、誰も口にはしないが……

「陛下、新しいドレスよ。似合うかしら？」

浮かれた口調で踊るようにハインリヒの前に現れたのは、寵姫《ちょうき》マリアベルだ。

「おお、似合うぞ」

「うふふ、嬉しいわ。フェイン、あなたもどう？　綺麗かしら？」

「ええ、とてもよく似合っておいでです」

そのドレスに一体いくらかかったのか……

フェインは苦々しく思ったが、それを口に出すことはできない。今や廃太子となったアムンセル殿下も浪費癖が酷かったが、この寵姫《ちょうき》はさらに輪をかけて酷い。なのにハインリヒはこの寵姫《ちょうき》に入れあげてどうしようもない。

一体王室はどうなってしまうのか……

ハインリヒの御前を辞したフェインは、姉であるエヴリン王妃を見舞った。

ドアを開け、香ったのは薔薇の香りだ。見ると、花瓶に赤い薔薇の花が生けられている。陛下はこうして王妃が伏せっていても、見舞う事はしない。薔薇の花も、おそらく侍女が気を利かせたのだろう。

ちらりとベッドに目を向けると、知的な顔立ちの女性が眠っている。王妃エヴリンである。結婚して二十年は経つが、とうとうエヴリン王妃とハインリヒ陛下との間に子は生まれなかった。現存する跡継ぎ達は全員側室腹だ。子が生まれていれば、もう少し違っていたのだろうか？　今更、ではあるが……

「薔薇の花は君が？」

「え？　いいえ？」

「時々こうして薔薇の花が飾られている。温室から持ってきているのかな？」

城には花や薬草を栽培している温室がある。フェインがそう問うも、王妃付の侍女は不思議そうに首を傾げるばかりだ。

「いえ、存じません。他の侍女に聞いてみましょうか？」

「あ、いや、いい。そこまでする事はないよ」

フェインは慌てて断った。

気を利かせてくれてありがとうと、そう礼を言いたかっただけだ。大事にすれば、きっと迷惑をかける。

「オーギュ？」

エヴリン王妃が目を覚まし、ふっとそんな事を口にした。

「ああ、オーギュ、オーギュ、あなたなのね？　また来てくれたの？　嬉しいわ……」

「姉上……」

エヴリンの目が傍らのフェインを見、途端に落胆したような顔になる。

「あなたなの……」

「ええ、申し訳ありません」

「いえ、いいの……。勘違いをしたようね。薔薇の香りがしたものだから」

「薔薇？　ええ、花瓶に生けてありますよ。あれはどなたが？」

フェインの指す方を見やったエヴリンが目を見開き、手を伸ばした。

「お願い、こっちへ……」

花瓶に生けられていた赤い薔薇の花を一輪持っていくと、エヴリンは嬉しそうにそれを手に取った。

「オーギュからのお見舞いよ。私が薔薇の花が欲しいって言ったものだから、こうしてお見舞いのたびに持ってきてくれるの」

「そう、ですか……」

オーギュ？　誰だろう？

「姉上、オーギュとは誰ですか？」

「昔の知り合いよ。とっても素敵な人……」

赤い薔薇を見つめながら、エヴリンは夢見るような眼差しで言った。

「一緒になれたら、なんて夢見た事もあったけれど、ふふ、夢は夢ね。彼に選ばれたブリュンヒルデ様が羨《うらや》ましくて仕方がなかった」

「ブリュンヒルデ？　確か、滅びの魔女と――」

「フェイン！」

いつになくきつい口調で制され、フェインは飛び上がりそうになる。

「ブリュンヒルデ様は滅びの魔女なんかではないわ。むしろそう言われなければならないのは私の方なの。もう二度とその呼称は口にしないでちょうだい」

「あ、ああ、分かった、ごめん」

ブリュンヒルデ・ラトゥーア・リンドルン。

確か……オーギュスト・ルルーシュ・リンドルンの妻だった女性だと、フェインは記憶している。

聡明であったオーギュスト王太子が謀反《むほん》を働き父王を殺したのは、ブリュンヒルデ王太子妃が滅びの魔女だったからだと、あの当時、まことしやかに囁《ささや》かれたものだ。魔術で彼を思い通りに操ったのだろうと……

魔女なんてお伽話《とぎばなし》だ。けれど、それに近い事をやってのける人間がいる事も知っている。優れた頭脳、優れた身体能力を持つ者は、時に魔術のように見える事をやってのけるものだ。奇跡の御業《みわざ》と呼べる事を……

「ブリュンヒルデ・ラトゥーア・リンドルンは一体どこに行ったのか……」

フェインが誰に言うともなく呟く。

彼女は軟禁されていた王城からある日忽然《こつぜん》と姿を消した。オーギュスト・ルルーシュ・リンドルンが処刑されて僅《わず》かひと月後の事だ。

「……亡くなったわ」

エヴリンが答えた。

「どうしてそれを？」

「教えてもらったの。出産後まもなく息を引き取ったそうよ。ブリュンヒルデ様は随分《ずいぶん》と衰弱していたから、きっと出産に耐えられなかったのね……」

「生まれた子供は？」

エヴリンはちらりと弟を見やり、手にしていた薔薇に視線を戻す。

「誰にも言わないと誓える？」

「え、ええ」

「……生きているわ。ブリュンヒルデ様に生き写しだそうよ」

「オーギュスト・ルルーシュ・リンドルンの子ですよね？」

「ええ」

「謀反人《むほんにん》の子では、命を狙われるのでは？」

「そうね。オーギュスト殿下の子であるだけでも命を狙われるわ。だから、あなたも今聞いたことを口外しては駄目よ？　いいわね？」

「分かったよ、約束する」

フェインは部屋から退出し、ふと思う。

オーギュ……オーギュスト？　はは、まさか、ね。

フェインは思い浮かんだ考えを、馬鹿馬鹿しいとばかりに頭を振って追い出した。

第十四話　真実はどこに

「突然の訪問申し訳ない」

エクトルの突然の訪問に、エイドリアンは顔を引きつらせた。

一体なんの用だ？　とりあえず、顔はにこやかに、にこやかに、と。

客間で当たり障りのない話題を口にしつつ、エイドリアンはなんとか貴族らしい笑みを浮かべてみせる。貴族は笑顔が基本と、ローザに口を酸《す》っぱくして言われているのだ。

ローザが客間へ姿を見せると、エクトルがおもむろに本題に入った。

「提案なのですが、お二人揃って、私の邸《やしき》へ引っ越しをなさいませんか？　ああ、この邸《やしき》の管理含めて、全てこちらで手配いたしますので、どうぞご安心を」

その申し出に、再度エイドリアンの口元が引きつった。ああ、ローザが目をキラキラさせている。

「その、申し出はありがたいのですが、……いでででで！」

ローザにぎゅうっと尻をつねられ、エイドリアンは涙目だ。

「特に不都合はありませんので……」

ローザを振り切りそう断ろうとすると、エクトルが目を剥《む》く。

「不都合だらけですぞ！」

「はい？」

「警備がなっていません」

「ええ、まぁ……」

それは自覚しているが、金銭的に今のところどうしようもない。

エクトルが熱心に言う。

「先程この邸《やしき》をぐるりと拝見させていただきましたが、どうぞ泥棒に入って下さいと言わんばかりのこの防備……。まずいなんてものではありません。ちなみに私はこの邸《やしき》へ普通に忍び込んで普通に出ていけましたからな」

「え」

「警備の手薄なところを狙ったつもりが、手薄なところしかないという有様で、すっかすかです。思わず目を剥《む》きました。これでよく今まで無事で……ああ、いや、そう、これはいかがなものかと」

「そう言われましても……」

警備などに金をかけていられない状態だ。エクトルがずいっと身を乗り出した。

「ですからお二人には、私の邸《やしき》に来ていただきたいのです。警備は厳重です」

「この区域は治安もいいので、さほど心配は」

「いいえ、来ていただきたい。バークレア伯爵夫人は、王家の血を引いている可能性があります。即刻保護する必要があります。オーギュスト殿下の血を引いているのならなおさら！　何がなんでも！　守らねばなりません！　この命に代えても！」

エクトルの目が血走っている。熱血代官のようだと、エイドリアンはぼんやり思った。こういう人物には何を言っても無駄なような気がしてしまう。

「本気でドルシア子爵がオーギュスト殿下だと？」

エイドリアンの言葉にエクトルが頷く。

「可能性はあります」

「いや、しかし、たとえそうだとしても、彼は謀反人《むほんにん》でしょう？　まさかローザを罪人の子として引っ捕らえるつもりじゃ……」

「無体な事を言わないでいただきたい！」

バンバンとエクトルにテーブルを叩かれてしまう。

「そんな事をするつもりは毛頭ありません！　以前言ったように、殿下は冤罪《えんざい》の可能性があります！　いや、むしろ冤罪《えんざい》でしょう！　彼を王にと望む声はいまだに消えてはいません！　彼は多くの人々に慕《した》われていました！　となると、現政権がひっくり返るかもしれない一大事なのですぞ？　陰謀から守る意味でも、バークレア伯爵夫人にはこんな不用心な場所にいてもらっては困ります！」

ちらりとローザに目を向ければ、まるで人生薔薇色といった表情をしている。対してエイドリアンの心境は、地獄の一丁目に足を突っ込んだ気分だった。ローザにくいくいっと衣服を引っ張られ、もはや頷くしかない。

「分かりました。お世話になります」

渋々、嫌々、エイドリアンはそう口にしたのだが……

「この部屋をお使い下され」

公爵邸にて立派な客室に案内され、エイドリアンは小躍りしそうになった。部屋の中央に大きく立派なダブルベッドがあったのだ。ぱあっと顔が明るくなってしまう。

そ、そうだよな、ローザと私は夫婦だもんな！　普通、寝室は一つだよな！　自分の邸《やしき》では初夜にやらかした大チョンボから、ずっと、そう、ずーっと寝室は別々で、寂しい独り寝だった。ずっとこのままかなぁ……なんて、幾度涙したか。

しかし、今更一緒に寝たいと言ったところで「あら、どうしてですの？」なんて、ローザにさらりとかわされる未来しか見えなくて、今の今まで言えなかった。なのに、ここへ来て待望の夫婦一緒の寝室！　宰相閣下《さいしょう》！　ここだけありがとう！　感謝します！

ついつい敬虔《けいけん》な信徒のように天を拝《おが》んでしまう。

——子供を伯爵に仕立て上げた後、旦那様は消されます。

浮かれた気持ちから一転、ふとローザのそんな言葉を思い出し、エイドリアンはひやりとする。

いや、だが……本当にそうなのか？

エイドリアンは首を捻《ひね》った。

ドルシア子爵を金の亡者《もうじゃ》の冷血漢だと、ローザはそう言うけれど、どうも違うような気がしている。確かに自分は殴られたが、あれはローザを思うがゆえだ。そして、子供には優しい。ニコルを助けてくれた。オークション会場での一件は冷酷なように見えて、公平な裁きをという彼の意図が透けて見える。

——ローザを全力で守れ。いいな？

そしてこれだ。どう見てもローザを愛しているように見える。なのに愛されていないなどと、どうして思うのか……

実を言えば、エイドリアンにはオーギュスト殿下の記憶があった。

まだ三つか四つ、そのくらいの頃のおぼろげな記憶だけれど。

凱旋《がいせん》パレードの際、殿下に花を手向けようとして人並みに押され、失敗して転んだのだ。多分、その際、泣いたんだろうと思う。転んだ痛みと失敗した悔しさで。

それを目にした殿下が、わざわざ馬上から降りて、自分を抱き起こしてくれたのだ。

本来ならありえない行動だったのだろう。周囲からどよめきが上がった事と、目にしたオーギュスト殿下の笑顔だけはよく覚えている。

彼はまだ二十代前半と若く、肖像画に描かれている通りの黒髪に緑の瞳の美男子だったけれども、そこに彼自身の人格が加わると、聖人もかくやというような輝きになる。

——ありがとう。

そう言って彼は花を受け取ってくれた。転んでどろんこになってしまった花を、だ。

目にしたのは煌《きら》めく光を凝縮させたような微笑みで、泣く事も忘れて見入ってしまった。見惚《みと》れたと言ってもいい。眩《まばゆ》く輝く太陽のようだと、あの時はそう思った。

今のドルシア子爵が醸《かも》し出す雰囲気とは似ても似つかない。

そう、ドルシア子爵には、どうしても暗く冷たいイメージがつきまとう。氷湖のように冷たく、そして忍び寄る影のように暗い。何故、両者はこんなにも違う？　冤罪《えんざい》で処刑寸前まで追い詰められたからか？

「なあ、ローザ……」

エイドリアンが視線を向けると、ローザはウォレンをあやしていて、一緒に歌を歌っていた。

「ケロケロケーロ、かえるのおうさま」

「けりょけりょけーりょ、かえるのおうしゃま」

ローザを真似てウォレンが歌う。手拍子を交え、きゃっきゃとなんとも楽しそうだ。つい口元が緩んでしまう。

ウォレンも最近はよく話すようになったな。「マンマ」が今では「お母しゃま」になっている。あちこち歩き回るので目が離せない。今までローザが家を空《あ》けていた時は侍女のテレサが面倒を見てくれていたが、そろそろ世話係を雇った方がいいのかもしれない。

「なんですの？」

「ローザ、もし、その……ドルシア子爵が君を愛していると言ったら、どう思う？」

エイドリアンの質問に、ローザはなんとも言いようのない顔をした。

「……父は言いませんわ」

ぽつんと言ったローザの口調がなんとも寂しげで、エイドリアンは目を見開いた。ローザのこんな反応は予想外である。

あれだけ悪態をついていたのに、寂しいなんて思う訳……

エイドリアンはそこではたと思い当たる。

そうだよ、ローザとドルシア子爵は実の親子なんだ。子が親を慕《した》ってどこがおかしい？ それが自然なんだ。だとしたら……もしかして、もしかしたら、本当はローザは、父親を慕《した》っている？

エイドリアンはローザの美しい横顔をじっと見つめた。

ありえなくはない。ドルシア子爵は実の父親だもんな。愛し愛される関係になりたい、誰だってそう思うはずだ。それができないから反発し、それができないから、こうして当てこすってしまう……

だとしたら……

「父はわたくしを愛しているとは、一度も口にしたことがありませんの。ただの一度も……抱きしめてもらった記憶もありません。こちらを見ることすら避けるんですもの。愛されているとはとても思えませんわ」

ローザの手がぎゅうっと自身のスカートを掴んだ。ただそれだけなのに、彼女の心情が如実《にょじつ》に感じ取れる。感じ取れてしまう。

けれど、エイドリアンは何も言えなくて、押し黙った。本当になんとも言いようがない。

「よう、お前、宰相《さいしょう》閣下の邸《やしき》からこっちに通ってるって本当か？」

ダスティーノ公爵邸から登城するようになると、一体どこから情報が漏れたか、悪友のヒューゴがさっそくやってきて、にやにや笑いを浮かべた。優男のクレマンと違って、こいつはがたいが良い。力も強いので、こうやって肩を掴まれると、なかなか抜け出せなくなってしまう。

ただし、喧嘩に強いかと言われると微妙だが。

「どうして分かった？」

エイドリアンがそう聞くと、ヒューゴが当然のように言った。

「どうしてって……ダスティーノ公爵家の馬車から降りてくれば、そりゃあな……」

ああ、なるほどな。あれで登城したら目立つということを忘れていた。ということは、既に皆に知れ渡っているということか……

別に困ることでもない、エイドリアンは正直に答えた。

「しばらく、宰相《さいしょう》閣下の家に世話になることになったんだ」

ヒューゴがひゅうと口笛を吹く。

「そりゃすげえな。一体どうやって取り入ったんだよ？」

「どうやってって……」

「だって、ダスティーノ公爵家だぜ？　国で一、二を争う名家じゃんか。うまく取り入れば、うまい汁を山ほど吸えるだろ？　羨《うらや》ましいよ、ほんと。美人の嫁さんもらって、今度は出世街道まっしぐらか？　いいねぇ。その運、俺にも分けてくれ」

肩をぐっと掴まれ、耳元で囁《ささや》かれる。

「今夜、賭博場《とばくじょう》に行こうぜ」

ヒューゴは伯爵令息だが、自分と同じ次男で、嫡男《ちゃくなん》ではない。だからきちんとした職を得ないとまずいと思うのだが、こうしてふらふらと遊び歩く癖は直らないようだ。大丈夫か？

エイドリアンは顔をしかめた。

「遠慮する」

賭博《とばく》と聞くと、賭け狂いの兄を思い出すからだ。悪印象しかない。

「ま、ま。そう言うなよ。お前、ほんと堅物だよなぁ。お前の兄は、お前とは正反対の遊び人だったっていうのに。少しは遊べって、な？」

「大きなお世話だ」

エイドリアンは再び顔をしかめてしまう。

「まぁ、まぁ。あ、そうだ。シェルト夫人からお前に言付けがあったぜ。聞きたいか?」

「もったいぶるな」

ヒューゴがにやにや笑った。

「賭博場《とばくじょう》に来いよ。そこで教えてやる」

「お、おい!」

「約束したぞ! 少しは人生楽しめよ!」

そう言って立ち去ったヒューゴは、仕事からの帰り際、本当に迎えに来た。公爵家の馬車に強引に乗り込み、行き先を変更させる。

「……行き先が賭博場《とばくじょう》で本当によろしいので?」

「いや……」

御者に問われるも、ヒューゴに羽交《はが》い締《じ》めにされて答えられない。

「ああ、大丈夫、大丈夫。行っちゃって!」

いい加減放せ!

賭博場《とばくじょう》は煌《きら》びやかな場所だった。まるで宮殿のような内装である。一階部分が酒場になっていて、二階と三階が賭博場《とばくじょう》になっているらしい。夜会の時のように出席者は皆着飾っていて、男性は夜会服姿、女性はドレス姿だ。

「私は賭け事なんかやった事がない」

エイドリアンがそう言ってむくれるも、ヒューゴは上機嫌だ。

「大丈夫、大丈夫。サイコロ遊びなら簡単だから。やりながらちゃんと説明してやるよ。ほら、やろうぜ」

ヒューゴがエイドリアンの肩を叩く。無理矢理椅子に座らされ、ヒューゴから渡されたサイコロを振ると、いきなり勝ちの数字が出て、わっと周囲が沸いた。びっくりしてしまう。

たったこれだけで、大金が手に入るのか……

金がそこここで飛び交い、興奮で首筋がぞくりとする。皆が夢中になるのも分かる気がした。

「ほらほら、どうだ？　楽しいだろ？」

そう言って顔を覗き込まれる。

いや、まぁ、確かに楽しい。しかし……

「周りは一体何をやっているんだ？」

さっきから、金銭のやりとりをしているようで気になった。

「ん？　お前が勝つかどうかを賭けているんだよ」

「私が賭博《とばく》の対象なのか？」

「そーいう遊びなんだよ。ほら、次やれよ」

立て続けに三度も勝つと、熱気はいや増し、ヒューゴはニヤニヤ笑う。

「少しは分け前をくれよな？」

そんな事を言い出す始末だ。かなりの額を稼いだ頃だろうか、美しく着飾ったブロンド美女に肩を叩かれた。

「ハンサムなお兄さん、ちょっといいかしら？」

仕草がなんとも色っぽい。耳元でそっと、話があるから付いてきてほしいと囁《ささや》かれた。

「ね？　お、ね、が、い」

おねだりの仕方まで色っぽい。仕方なく立ち上がると、ヒューゴに引き止められる。

「なんだ、なんだ？　もうやめるのか？」

「ほんの少し席を外すだけだ。その間はお前がやれよ」

「あー、分かった。早く帰ってこいよ？」

ブロンド美女に連れられて賭博場《とばくじょう》から廊下へ出ると、エイドリアンは聞き覚えのある声にぎくりとなった。

「呑気に賭博《とばく》か？　良い身分だな」

勢い良く振り返れば、思った通り、そこにはドルシア子爵がいた。

見慣れた仮面の奥から見えるのはやはり鋭い眼差しで、睨み据《す》えられているようで身がすくむ。

自分に声をかけてきたブロンド美女に金を渡しているところを見ると、どうやら彼女はドルシア子爵の遣いだったようだ。

「ありがとう、仮面卿。今後もごひいきに」

ブロンド美女は片目をつぶり、上機嫌で立ち去った。

「彼女は？」

「娼婦だ」

「しょ……」

エイドリアンは心底驚いた。

分からなかった。本物の貴婦人だと思ったのに、人はやはり見かけによらない。

「兄のようになりたいというわけか？」

ドルシア子爵にそう揶揄《やゆ》され、むっとなってしまう。

「そんなわけがありません。賭博場《とばくじょう》に足を運んだのは今回が初めてです」

「ほう、初めてね……それでイカサマに手を染めるとは大した度胸だ。殺されるぞ？」

「え……」

エイドリアンがびっくりしていると、彼は淡々と言う。

「サイコロに細工がしてあるだろう？　このまま戻らず帰れ。監視役が動き出した。戻れば命はない」

「で、でも……」

「命より金が惜しいか？　お前の兄と同じ末路になるぞ？」

「友人がいるんです！」

そうだ、ヒューゴはまだ賭け事をやっているはず！

エイドリアンは急いで元の場所に戻り、沸き立つ群衆をかき分け、中心にいるヒューゴの肩を掴んだ。

「帰るぞ！　今すぐ！」

「あん？　どうしたんだよ？　今いいとこ――」

「いいから！」

強引にヒューゴを席から立たせ、金を掴もうとする彼を止めた。

「おい！　金が！」

抵抗するヒューゴに苛立った。とにかくぐいぐいと引っ張って、それを止める。

金なんかどうでもいい！　グズグズしていたら本当にまずいぞ！

ドルシア子爵の忠告が、警報のように頭の中で鳴り響く。エイドリアンは急ぎ出口へ向かうも、扉の前に屈強な男達が立ちはだかった。どいつもこいつも荒事に慣れていそうな雰囲気である。

「お客様、申し訳ありませんが、少々お話があります。お付き合いいただけますか？」

支配人らしい男がそう申し出る。腰は低いが、こちらを見る目つきが鋭い。どう見ても裏稼業に手を染めた人間だろう。仮面卿の忠告は真実だったというわけだ。

「おいおい、俺達は客だぞ？　もうちょっと丁寧に……」

ヒューゴはおどけて見せたが、言葉の途中で男の一人に殴られ、跪《ひざまず》く。

「どうぞ、ご同行を……」

慇懃《いんぎん》無礼《ぶれい》な態度で、支配人らしい男が言う。エイドリアンも腕を掴まれ、連れていかれそうになった時、突如、あちこちで悲鳴が上がった。

「火事だ！」

「逃げろ！」

見れば、確かに煙が噴き出している。充満し始めた煙を吸い込み咳き込んでいると、エイドリアンの腕がふっと軽くなった。すぐ傍で乱闘のような音が響き、掴んでいた男の手が離れたのだ。襟首を誰かにひっ掴まれ、引きずられるようにして廊下へ出る。

エイドリアンはそこで目にした人物に驚いた。

「仮面卿！」

そう、エイドリアンを引きずっていたのはなんと、ドルシア子爵こと仮面卿だったのだ。思わず渾名《あだな》を叫んでしまうほどの衝撃だった。

「馬鹿が……」

忌々《いまいま》しげにそう呟かれてしまう。

「人の忠告を無視し、真っ直ぐ敵の中に飛び込む馬鹿がどこにいる」

「友人が……」

エイドリアンが反論すると、仮面卿に吐き捨てられた。

「ああ、麗《うるわ》しい友情だな。一緒になって死んでやろうと、そういうわけか？」

「そういうつもりでは――」

「黙れ。いい加減うんざりだ」

仮面の下の瞳にじろりと睨まれ、口を閉じる羽目になる。

「逃がすな！」

そんな声が背後から聞こえてくると、仮面卿にどんっと背を押された。

「……走れ」

ヒューゴ共々走り出すと、背後で争う音が聞こえる。煙に巻かれているので視界は悪いが、多分、仮面卿が追ってきた男達を食い止めてくれたのだろう。

別の男達に進路を阻まれてしまい、背後に迫った仮面卿の怒声が耳をつんざいた。

「遅い！　何をやっている！」

あっという間に追いついた仮面卿にそのまま追い越され、今度は立ちはだかった男達が瞬く間になぎ倒された。

「うっわ、すっげ……」

ヒューゴが目を剥《む》く。確かに凄い。エイドリアンもまた目を見張った。五人いた男達が全員、瞬時に倒されたのだ。一体どんな体術だ？　と思わずにはいられない。

「逃がすな！　捕らえろ！」

小男がそう叫ぶ。横手の通路から出てきた大勢の男達に取り囲まれてしまい、エイドリアンは血の気が引いたが、逆に仮面卿の口元は、笑みの形につり上がった。嘲るような笑い声が彼の口から漏れる。

「ふ、ははははははははは！　笑止、笑止、笑止！」

エイドリアンは唖然としてしまう。普通なら青ざめるこの状況で笑っているのだ。一体どういう神経をしているのか……

仮面卿が床を蹴った。

漆黒のマントが翻《ひるがえ》り、男達の間を駆け抜ければ、まるで象に体当たりでもされたかのように、屈強な男達の体が次々吹っ飛ぶ。その場にいた誰もが目を剥《む》いた。おそらく立ちはだかった男達でさえそうだったろう。

怪物……ローザの言葉がエイドリアンの耳に蘇《よみがえ》る。

呆然と突っ立ってしまう。確かによほど戦い慣れした者でなければ、刃向かえそうもない。いや、戦い慣れしているであろうここの連中でさえ、びびっているのが分かる。戦う前から既に気迫負けだ。

「う、あ……」

取り囲んだ男達全てが倒され、捕らえろと命じた小男の顔が青ざめるも、その末路は他の男達と同じ。仮面卿の拳が叩き込まれ、崩れ落ちた。最後に彼が「チェックメイト」とそう呟いたような気がした。

「来い」

漆黒のマントを翻《ひるがえ》し立ち去る仮面卿の背を、エイドリアンは慌てて追った。床に倒れた男達の数は二十を軽く超えている。これをたった一人で？　エイドリアンは無理矢理床から視線を引き剥がした。

「飛べ」

廊下の突き当たりまで行くと、窓を開け放ち、仮面卿がその外を指し示す。

「はい？」

エイドリアンはもとより、ヒューゴもまた目を剥《む》いた。

「ちょ、ここ、三階！」

「下に幌《ほろ》馬車があるだろう。その上に飛び降りろ」

仮面卿がそう命令する。

「んな、無茶な！」

「つべこべ言うな！」

苛立つ声と共に背に衝撃が走る。多分、仮面卿に背を蹴られたんだとは思うが、気がつけばエイドリアンは窓から飛び出し、落下していた。

「のえええええええええ！」

空中を泳いだところで、どうなるものでもない。悲鳴を上げ、手足をばたつかせても落下は防げず、幌《ほろ》馬車の上に落ちる。次いでヒューゴが落下し、エイドリアンはその下敷きにされ、ぐえっと蛙がひっ潰れたような声を上げてしまう。最後に仮面卿だ。下にきちんとクッションのようなものがあったが、二人分の成人男性の重さはきつい。

た、頼む……ど、どいてくれ……潰れる……

「走れ！」

「いえっさー！」

仮面卿の鋭い指示で、馬車が勢い良く走り出す。

御者も仲間か？

「仮面卿、どちらまで？」

きっぷのいい調子で御者が言う。

「くっついてきている蝿《はえ》を引き離せ」

「へい！　了解！」

御者は相当街中に慣れているのか、追っ手をぐるぐる引っ張り回し始める。

揺れに揺れてこちらが必死で馬車にしがみつく中、仮面卿だけはきちんと立っているのだからこれまた目を剥《む》いてしまう。一体どういうバランス感覚をしているのか。

と、ふと彼が手の中のナイフを投げると、背後から迫ってきていた馬車が馬の悲鳴と共に横転した。

追っ手を完全に振り切り、馬車がようよう止まる。

「おおきに、仮面卿」

御者が嬉しそうに歯を見せて笑う。やはりやりとりされたのは金貨だ。随分《ずいぶん》気前が良い。普通はせいぜい銀貨だろう。

「ありがとうございました」

馬車が走り去るのを見送ったエイドリアンがそう礼を言うも、仮面卿は何も言わず傍を通り過ぎた。無言のまま仮面卿の拳がヒューゴの顔面を襲い、彼の体が地面に叩きつけられる。

ヒューゴはひぐぅと情けない悲鳴を上げ一回転し、そのまま体を丸め、うずくまった。歯が数本持っていかれたようで、吐き出した血の中に白い物が混じっている。エイドリアンは目を剥《む》いた。

「な、何を……」

「……随分《ずいぶん》といい友人を持ったものだ」

仮面卿が発した、ごりっとした声が恐ろしすぎて、背筋が凍り付く。仮面の下の緑の瞳がぎらりと光った気がして、エイドリアンは身をすくませた。

「サイコロは彼が持ってきた物だな？」

「え？」

仮面卿の指摘がよく分からず、エイドリアンは戸惑った。

サイコロ？　賭博場《とばくじょう》で使ったあれか？

エイドリアンがまごつく中、仮面卿が先を続けた。

「ああ、そいつが賭博場《とばくじょう》のサイコロをすり替えた事も気がつかなかったか。という事は、こいつがイカサマの罪をお前に着せようとしていた事にも気がつかなかったという事か？」

「え……」

流石《さすが》に棒立ちになる。仮面卿が淡々と言った。

「そいつに嵌《は》められたんだ。ああ、気にするな。よくある事だ。友人の成功を妬《ねた》んで、転落させてやろうなんて考える連中は、掃いて捨てるほどいる」

エイドリアンが目を剥《む》いてヒューゴを見ると、彼は慌てた様子で取り繕《つくろ》う。

「お、おいおい、俺がそんな真似するわけないだろ？　しっかりしろよ、な？　そいつはでたらめを言っているだけだ」

「いや、しかし……」

エイドリアンがヒューゴと仮面卿を交互に見ると、仮面卿が面白くなさそうに言った。

「用意したサイコロは賭博《とばく》師から買ったな？　馬鹿が……すぐに足が付くぞ」

「ち、違う、でたらめだ！　俺は何もやっていない！」

再びヒューゴを見れば、必死の形相で否定する。

「……どちらを信じようとお前の自由だ。だが、真実を見抜けないなら今すぐローザを返してもらう。たとえ義理でも、お前のような愚か者を息子などと呼ぶのは虫唾《むしず》が走る」

仮面卿が身を翻《ひるがえ》した。やはり漆黒のマントがふわりと翻《ひるがえ》る。追いかける影のように。

「え……義理の息子って……」

「彼はドルシア子爵だ」

「え……えぇ！」

ヒューゴが仰天《ぎょうてん》した。ローザの父親だと告げられ、驚いたのだろう。再び路地を見た時には、彼の姿はどこにもなかった。

第十五話　君を愛している

「すまない、悪かった！　ほんの出来心なんだ！」

翌日、エイドリアンは登城するなり、ヒューゴの謝罪を受けた。

ドルシア子爵に殴られたからだろう、前歯は欠け、ぱんぱんに腫《は》れ上がった顔は鼻がひしゃげて酷い有様だったが、同情する気にもならない。

「う、羨《うらや》ましかったんだよ、お前が。だ、だってそうだろ？　お前は俺と同じ伯爵家の次男だ。立場は全く同じだ。なのにどうしてお前だけって、そう思ったら、悔しくて妬《ねた》ましくて……だから、ほんの少し困らせてやろうとしただけだ！」

そうは言うが、捕まっていれば、そう、ドルシア子爵が言ったように命はなかったはず……

それをほんの出来心と言われても、はいそうですかと納得はできそうにない。

ヒューゴに泣きつかれ、エイドリアンは心底困り果てる。

「な、なぁ、頼む。イカサマの事は誰にも言わないでくれよ？　じゃないと、どんな目に遭わされるか分からない。あいつらの制裁は本当に恐ろしいんだ」

「……言わないさ。私も巻き込まれる」

「そ、そうか。助かった」

これほどに怯《おび》えるような事だったのだと再認識する。なのに……。こいつとは距離を置こう。エイドリアンはそう考えた。

「賭博場《とばくじょう》には二度と行かない。もう、誘わないでくれ」

「わ、分かった。本当、悪かったよ」

その言葉を最後に、ヒューゴに背を向ける。

羨《うらや》ましい、か……

よくよく考えてみれば、確かに幸運続きだ。美しい妻を手に入れ、莫大《ばくだい》な借金は消えた。ローザの尽力でバークレア伯爵家は再興しつつある上、ダスティーノ公爵にも気に入られ、可愛がられていると噂になっている。

傍から見れば、飛ぶ鳥を落とす勢いに見えただろう。ほんの一年前までは借金まみれで首が回らなかったというのに、大逆転もいいところだ。

「おかえりなさいまし」

公爵邸に帰ってローザの微笑みを目にすると、ほっとする自分がいる。

「ただいま」

――今すぐローザを返してもらう。

ドルシア子爵の言葉を思い出し、エイドリアンはひやりとなった。心臓はばくばくだ。

「なぁ、ローザ……」

「なんですの？」

「ああ、その……昨夜、賭博場《とばくじょう》で問題を起こしてしまったんだが、ドルシア子爵に助けられたんだ」

エイドリアンがそう告白すると、ローザはぽかんとした。

やっぱり驚くよな？

「父が……そう、ですの。意外ですわ。大人同士のいざこざに口を挟むなんて……」

「……どうして私を助けてくれたんだろう？」

そう聞いても、ローザもまた首を捻《ひね》るばかりだ。

「さあ、その辺は、父に聞いてみないと分かりませんわね。ただ、聞いても答えてくれるかどうか分かりませんけれど」

「……平民の間で仮面卿の知名度は高いか？」

御者がドルシア子爵とやけに親しげだった様子を思い出し、エイドリアンはそう口にした。あの御者はどう見ても平民だった。

「父は顔が広いですわ。ええ、そうかもしれません」

「詳しくは知らない？」

「わたくしは貴族との付き合いばかりでしたので、市井《しせい》にはあまり足を運んでおりませんの。申し訳ありません」

そうか、ああ、そういえば、そうかもな。ローザは夜会の薔薇と称されていた。類《たぐい》まれなる美貌のためだけではなく、常にそういった集まりの場に姿を見せていたからだ。

エイドリアンはローザの美しい横顔をじっと眺めた。

彼女が口にする父親像と実際の彼の姿には、やはり差異があるように思えてならない。ローザ、君は、本当は父親に愛されているんじゃないのか？　そう言いそうになってしまう。

――ローザを全力で守れ……

あれは彼の本心のはず。王家を敵に回してまで、ドルシア子爵はローザを守ろうとしているように思える。

子供に親切で、市井《しせい》の人々に慕《した》われている。少なくともエイドリアンにはそんな風に見える。

そして今回の件だ。

どう見ても、あれは彼の身にも危険が及んでいた。一歩間違えれば彼自身も死んでいたはず。逃亡の根回しも全部彼がやってくれたのだろう。どうして？　どうして体を張ってまで自分を助けてくれたんだ？　彼の本心が知りたい。伯爵家の乗っ取りなんて、本当は嘘っぱちなんじゃないのか？

「ドルシア子爵と会いたいんだが、彼と連絡を取ってもらえるか？」

エイドリアンがそう要求すると、ローザにびっくりされてしまった。

「……どうしてですの？」

「その、一度話し合ってみたいんだ。ろくすっぽお礼も言っていないし。駄目か？」

「駄目というわけでは……ただ、連絡しても、会えるとは限りませんわよ？」

「それでもいい。頼めるか？」

再度そう言うと、本気だということが分かったのだろう、ローザはため息交じりに了承してくれた。

「……ええ、分かりましたわ。でしたらわたくしもご一緒します」

「いや、できればサシで」

そう言うと、本当にびっくりされた。

「熱はない。大丈夫だ」

ローザに額に手を当てられ、エイドリアンは苦笑してしまう。

とはいえ、本当に平気かと言われるとそうでもない。むしろどきどきしっぱなしだった。来るかどうか分からないという以上に、どういう反応をされるか予測できなかったからだ。


後日、仮面卿がローザを通じて指定してきた場所は、人気のない公園だった。

何もこんな場所にしなくても……

早くもエイドリアンは涙目だ。木々の中に人工池が見える。ここに自分の遺体がぷっかり……

嫌な妄想が浮かび、エイドリアンは頭をブルブル振る。

いや、ないない。彼は命の恩人だ。大丈夫、大丈夫。

自分自身にそう言い聞かせる。

実際に来るかどうかは分からない、ローザにそう言われていたけれど、仮面卿は指定の場所へきちんと来た。とことん心臓に悪い登場の仕方だったけれど。

「……なんの用だ？」

仮面卿に背後からいきなり、がしぃっと首を鷲掴《わしづか》みにされたのだ。

ひいぃ！　け、気配が全くない！　いきなりこれだ。

エイドリアンは悲鳴をかろうじて呑み込んだ。飛び上がらなかったのが奇跡のように思える。そう、まるで、下手な受け答えをすると、首をへし折るぞと脅されているようで、生きた心地がしない。冷や汗がどっと噴き出した。

「そ、その、一度話し合いを、と」

びくびくおどおどと、声が震えてどうしようもない。首から手を放してほしいと、エイドリアンは切にそう願う。本当に生きた心地がしない。ぼきっと折られたら……自分は死ぬな。仮面卿にはそれをやれる握力があるだけに空恐ろしい。

「ほう、話し合い、ね……」

仮面の下の唇が笑みの形につり上がった。

うひぃ！　こ、ここで笑うとか、ほんっと怖いからやめてくれ！　ああ、やっぱりやめれば良かったか？　いや、がんばれ、がんばれ。ひるむな、ひるむな！　ローザとの明るい未来のために！

「き、聞きたいことがありまして……その！」

ど、どう言えば。ええい、ままよ！

「ローザとの婚姻関係は、やはり伯爵家の乗っ取りが目的ですか？」

「……好きに考えればいい」

ずばっと聞いても、突き放したような答えが返ってくる。

「いえ、それではローザが……」

二年後にいなくなってしまうと言いかけて、エイドリアンはやめた。ローザの逃亡計画をばらすわけにはいかない。ここは一つ情に訴えよう、そう考える。

「お、お義父様！　ここは一つ腹を割って話し合いを！」

そう言った途端、今度は鼻をつままれた。もげるかというような勢いでぎりぎりと。

「誰がお義父様だ！　だ、れ、が！」

「ひでででででででで！」

ひいいぃ！　怒ってるぅ！　何かこれは身に覚えがある。いや、痛さはあの時の数十倍だ。あの時、そうだ！　ローザにもこうやって鼻をつままれたんだ。流石《さすが》親子！　って、感心してる場合じゃない！　もげる、もげる、もげる、もげるぅううう！

「で、でも！　あなたはローザをくだひゃいまひた！」

痛い上に間抜けな鼻声！　にゃんとかしてくだひゃい！

「やってない！　貸しただけだ！　この大たわけ！」

すかさず仮面卿から叱責が飛んできた。

「……やってない？」

ようやく鼻を放してもらえ、エイドリアンが赤くなった鼻をさすっていると、険悪な声が告げた。

「そうだ、貸してやっただけだ。いずれ返してもらう」

「で、ですが……」

「どうせ、白い結婚だろう？　婚姻無効の申し立てなどいつでもできる」

ぎくりとした。どうして知っているのか……。

仮面卿がふんっと笑ったような気がした。

「不思議か？　ローザに手を出さないよう、心理操作をしておいた。結婚の打診をしに行ったあの時にな。もうちょっと頭の回る、いや、貴族としての立ち振る舞いを身につけた者なら、ああいった真似はしないものだが、見事にやらかしてくれたな？」

「あ、その……も、申し訳ありません」

エイドリアンが身を縮めると、仮面の奥の緑の瞳がすっと半眼になる。

「馬鹿が……今言ったように、そうするよう仕向けたんだ。お前にローザをやった覚えはない。貸してやっただけだ。いずれ返してもらう」

「貸してやっただけ？」

「お前はバークレア伯爵家を潰すつもりだったのか？」

仮面の奥の緑の瞳に睨まれて、ひやりとなる。

「管理がずさんで、バークレア伯爵家を没落させたろう？　もっとも、その最たる原因を作ったのはお前の兄だが……。お前の兄は、こっちが援助してやった金まで使い込んで、どうしようもなかった」

援助？　援助って……

「ギャンブル狂の兄がいるのに伯爵家があそこまで持った事になんの疑問も持たず、のんべんだらりか……本当に呑気なものだ。人の努力の上にあぐらをかく。そこだけは貴族そのものだな？　腐った貴族は得てしてそんなものだ。搾取《さくしゅ》する事しか知らない」

もしかして、金銭面で仮面卿が支えてくれていた？　知らない、そんな事は……

エイドリアンは呆然と突っ立った。

「このままでは、何度借金を帳消しにしてやってもお前の手腕では再興させられない、と判断した。だから、ローザを貸してやった。伯爵家が復興するように」

「それで、ローザと婚姻を？」

「でないとお前はあの頭の軽い女と結婚していただろう？」

頭の軽い女……セシルの事か。

「あれと婚約を結んだ時は、開いた口が塞がらなかった。一体何を考えているのかと思ったぞ。あんな女と結婚などしてみろ。男爵家ごと潰れていた。こっちがそれとなく別の女をあてがってやっても、援助の話ごと切って捨てる。処置なしだ。ボドワンは実直だけが取り柄のような男だったが、お前はそれに輪をかけて酷い。何度喉をかっ切ってやりたいと思ったことか。この馬鹿が……」

仮面卿はバークレア伯爵家が復興するよう、最大限の援助をしてくれていた。エイドリアンはその事実を知り、愕然《がくぜん》とした。

「じゃ、じゃあ、やはり伯爵家の乗っ取りが目的というのは……嘘？」

仮面卿はうっすらと笑っただけで答えない。

けれど、多分、そういう事なのだ。そういった嘘をついたのか、あるいはローザが単に勘違いをしたのかまでは分からないが、仮面卿の行動は、あくまでバークレア伯爵家の復興が目的だった。だから助けてくれたんだ……何度も何度も。

「でも、あの……どうして、そこまで……」

「お前の父ボドワンが受け取るはずだった報酬をお前にやったんだ」

「父の？」

「お前の父親はそれだけの功績を残した。感謝するんだな」

身を翻《ひるがえ》した仮面卿の背に向かって、エイドリアンは声を張り上げる。

「あの、ローザは！」

「今言った通りだ。いずれ返してもらう」

今までとは打って変わった冷たい声が耳を直撃する。エイドリアンは思わず身をすくませた。まるで冷水を浴びせられたかのようだ。

「言っておくが、この先もローザに手を出すことは許さん。監視の目はどこにでもあると思え？もし今言った忠告を守らなければ、あの愚鈍な王太子と同じ末路をたどる事になるぞ？」

王太子と同じ……エイドリアンはぞっとした。

そういえば、どうやって仮面卿はアムンセル王太子に薬を盛ったんだ？　王太子には毒味役がきちんとついていたはずなのに。それでも、仮面卿は毒を盛ってみせた……

まるでマジシャンのよう……そんなローザの台詞《せりふ》が蘇《よみがえ》る。

「ローザは私にとって唯一無二の宝だ。忘れるな？　この私が認めた男以外にくれてやるつもりはない。特にお前のような能なしにはな！」

立ち去りかけた彼を、エイドリアンは必死で引き止める。

「待って、待って下さい！　一つだけ！　あと一つ！」

必死になって追いすがると、彼は一応足を止めてくれた。

「どうすれば、どうすればローザの結婚相手として認めてもらえますか？」

返答までの時間がとてつもなく長く感じられたが、実際はほんの僅《わず》かな時間だったのかもしれない。

「……それくらい自分で考えろ、この阿呆が」

仮面卿は振り向かないままそう告げて、闇の中に消えた。来た時と同じように、足跡一つ残さずに。


「旦那様、どうなさいました？」

エイドリアンがダスティーノ公爵邸に帰ると、ローザが出迎えてくれた。

起きていたのか……。帰るまでにあちこち歩き回ったから、もう深夜過ぎだろうに……

邸《やしき》の奥へ続く暗い廊下に他の人影はない。邸《やしき》全体が既に静まり返っている。起きているのは警備の者達だけだろう。

ローザの微笑みを見て、エイドリアンは、ほっとすると同時に、なんとも言えない気持ちが込み上げて、彼女を抱きしめてしまった。良い香りがする。薔薇の芳香によく似た香り……彼女が好むいつもの香水だ。

「父に殴られた、訳ではなさそうですね？　何を言われましたの？」

訝《いぶか》しげなローザの声が聞こえる。

「君に手を出すのは許さないって……」

抱きしめた腕の中で、ローザが首を傾げたのが分かった。そりゃそうだろう、彼女は子供を作れと厳命されたと思っているのだから。

「嘘なんだ……」

「何がですの？」

「君との婚姻は、伯爵家の乗っ取りが目的なんかじゃない。復興が目的だった……君の能力を貸しただけだって……いずれ返してもらうと……」

仮面卿から聞いた事を全部ぶちまけると、ローザはやはり驚いたようだ。

「それって……」

「どうすれば君を失わずに済むんだ？」

情けないと思いながらも、エイドリアンは言わずにはいられなかった。ローザを抱きしめる腕に力を込める。

「バークレア伯爵家を立て直しさえすれば、君は自由だ。貯め込んだ財を復興へ回せば、もっと早く解放される。好きな男と、多分、一緒になれる。けれど、私はどうすればいい？　君を失いたくない。失いたくないんだ。教えてくれ……どうすれば、君はここにいてくれるんだ？」

ローザの手が自分の髪を梳《す》くのが分かった。その手つきはまるで幼子の髪を撫《な》でるよう。

「……旦那様は情熱家ですのね？」

耳をくすぐる甘い声。

「君は違うのか？」

「あら、わたくしは旦那様に嫁《とつ》いできた時は、普通の夫婦になるつもりでしたわよ？」

思わず体を離し、ローザの顔を見返してしまった。そこにあったのは、いつもと変わらない微笑みである。

「旦那様は父に殺されると思い込んでいましたので、やはり三年間限定のつもりでしたけれど。逃亡に協力してもらおうと、当初はそう考えておりました。でも、嫌われてしまったので、一人で計画する事になりましたわね」

「すまない……」

「あら、いいんですのよ。好きな人と一緒に……ええ、夢ですわね。素敵ですわ。でも、現実を見て下さいまし、旦那様。それが叶う者がどれだけいるとお思いですの？　貴族は政略結婚が普通ですのよ？　大抵は親が決めた相手と結婚するものですわ」

エイドリアンは反論しようとするも、ローザに口に手を当てられ、止められた。

「ねぇ、旦那様。宰相《さいしょう》様はとても素敵ですわ。でも、わたくしは現実主義者ですから、逃亡資金を貯めて逃げるのが一番だと、今の今まで、そう思っておりましたの。たとえあの宰相《さいしょう》様でも、あの父に対抗しろだなんて、ふふ、命を捨ててくれって頼むようなものですものね？　好きであればなおさら、頼めませんわ」

「君はどうしたい？」

「そうですわね……夢だけで言えば、宰相《さいしょう》様と一緒になりたいですけれど」

再び口元に手を当てられる。

「でも、それは夢ですのよ、旦那様。父は自分が認めた者と言ったのでしょう？　やはり、自分の意志は通りませんわ。ですから、当初の予定通りで、よろしいのでは？　父に認められるように、がんばって下さいまし。ただし、バークレア伯爵家が復興するまでと、期限は変わりそうですけれど」

ローザにふわりと抱きしめられた。

エイドリアンは、やはり違和感を覚えてしまう。おそらく仮面卿はローザが宰相《さいしょう》閣下と一緒になりたいと言えば、認めてくれそうな気がする。

仮面卿は間違いなくローザを愛している。ただ、君はそれを知らないだけ……。それを言わないのは卑怯か？　こうして君を縛り付けるのも……

「……言ってみたらどうだ？」

自分の心を押し殺し、エイドリアンはそう告げた。

「何をですの？」

「宰相《さいしょう》閣下と一緒になりたいと、ドルシア子爵に……」

「それですと、宰相《さいしょう》様が殺されそうですわね？」

「言うだけなら大丈夫だろ？　私だってこうして生きている」

「旦那様がどうしたいのか、よく分かりませんわ」

ローザを少し困らせたようである。

「君に幸せになってほしい。そう思うから……」

そう付け加えた。

「泣いてますの？」

泣いてない、エイドリアンはそう言いたかったけれど、声が震えそうでやめた。実際、涙が止まりそうにない。ローザにため息をつかれてしまう。

「本当に子供みたいですわね、旦那様。正直で明け透けで、ちっとも貴族らしくない」

「すまない……」

「いいえ、いいんですのよ」

髪を撫《な》でる彼女の手はあくまで優しい。

「……旦那様は母性本能をくすぐるのがうまいのでしょうか？」

ふと、そんなローザの言葉が耳元をくすぐった。

「この気持ちは一体なんなのでしょうね？　こんな風にへこんでいる旦那様を見ていると、妙に可愛くて可愛くて、手放したくなくなってしまうわ」

がばっと起き上がってしまう。

「手放したくない？」

「ええ、何か、そのお顔……ふ、ふふふ。情けないのに愛おしいって変ですわよね？　あ、はは、嫌だ……涙でぐっしょりって、大きなウォレンがいるみたい。もう、よして下さいな。キスしたくなってしまうわ」

悲しさが吹っ飛んだ。勢いローザをその場で押し倒したが、誰かの声がそれを押しとどめる。

「旦那様」

声の主は侍女のテレサで、飛び上がりそうになる。蝋燭《ろうそく》を持って暗闇の中にぼうっと立つ姿は、まるで幽霊のようだ。

「みぎゃあああああああ！」

妙な悲鳴を上げてしまった。侍女のテレサが淡々と言う。

「おかえりなさいませ、と言いたいところですけれど、ここは廊下ですわ。流石《さすが》にここでちちくり合うのはいかがなものかと……」

「ちちくり……」

もしかしてローザの影響か？　言葉をもう少し選んでほしい。

エイドリアンはばくばくと鳴る心臓を押さえる。そこにテレサがすっとかがみ込み、耳元で囁《ささや》いた。

「仮面卿の監視がありますわよ？　忠告をお忘れなく」

エイドリアンは目を見張った。酸欠の金魚のように口をぱくぱくさせてしまう。

「申し訳ございません、旦那様」

侍女のテレサが、にぃっと他人のような顔で笑う。そう、他人のような顔だ。長年伯爵家で雇っていた侍女なのに、まるで知らない誰かを目にしているかのよう。そばかすの浮いた人懐っこいはずの顔が、今は別人に見える。

「わたくしの真の主人は仮面卿でございます。けれど、こうして長いこと旦那様のもとで務めておりますと、流石《さすが》に情《じょう》が湧きますので、いきなりすっぱりとやるのは後味が悪ぅございます。ですから、忠告して差し上げました。命は大切にした方がよろしゅうございますわよ？　旦那様。どうぞ、ご自愛下さいませ」

テレサがぺこりと頭を下げ、去っていく。

え？　もしかして……

「あら、まぁ……テレサは父の手下だったようですわね？」

ローザにとどめを刺された。

え？　何？　じゃ、ずっと監視されていたって事か？　もしかしてローザに手を出そうものなら、その場で粛清《しゅくせい》されていたとか？

どっと冷や汗が噴き出した。

「父はあちこちに密偵をもぐり込ませているんですの。でも、こうしてばらしたという事は、もしかして、いつでも家に帰っていいということでしょうか？」

「か、帰るのか⁉」

「そうですわね……」

エイドリアンが仰天《ぎょうてん》すると、ローザは何やら考える仕草を見せる。

「そこは迷わず否定してくれ！」

目を剥《む》いたエイドリアンの叫びに、ローザが噴き出した。

「ふ、ふふ、大丈夫、帰りません、帰りませんとも。ああ、もう、その情けないお顔……駄目だわ。わたくし、どうも旦那様の情けないお顔に弱いようです。これがいいって、一体どうなっているんでしょうね？　素敵な宰相《さいしょう》様のあのお顔が霞《かす》んでしまうくらい、今の旦那様のお顔はインパクトがありますわ」

なにぃ！　耳が全開だ。

あの宰相《さいしょう》閣下よりインパクトがある？　そうか！　泣けばいい……って、情けなさすぎるんだが！

頭を床にがんがん打ち付けたくなってしまう。

勘弁してくれ！　男として人として、それってどうなんだよ？　もうちょっとなんとかならないかぁ？

「さあさ、おっきなウォレン。そろそろ寝ましょうか？」

ローザにぽんぽんと頭を撫《な》でられる。

おっきなウォレン言うなあ！

「せめて旦那様って言ってくれ……」

そう愚痴《ぐち》ると、ローザが聖母のように笑う。

「分かりました、旦那様。さ、寝ましょうね？　大人しく」

「はい……」

宥《なだ》めるようにローザがちゅっと唇にキスをしてくれたけれど、かえって煩悩《ぼんのう》が刺激される。

大人しく、大人しく……お預けはいつまでだぁ!?　血の涙が出そうだ。

ローザと一緒のダブルベッドで眠りつつ、エイドリアンの頬を今日も涙が伝う。しくしくしく……

◇◇◇

エイドリアンが眠った頃を見計らい、ローザはベッドからそろりと身を起こした。

隣で本当に大人しく眠りについたエイドリアンに、ローザはあらあらと驚いてしまう。意外だった。絶対一悶着あると思っていたのだ。脈のある女性を男が放っておくはずがない。あの手この手で懐柔《かいじゅう》しにくると思っていたのに……

ローザの口元に、ふっと嬉しそうな笑みが浮かんだ。どうしても噴き出してしまう。

男でしたら普通、もっと押すと思いますけれど、本当に旦那様は純情というか、素直というか……ふふ、呆れるくらい可愛らしいですわね。あはは、嫌だ、本当に可愛いわ、この旦那様。

ひとしきり笑った後、ローザはほのかな月明かりの中、涙の後の残るエイドリアンの端整な顔をじっと見つめる。

エイドリアンの黒髪はふわふわとして柔らかい。しかめっ面でさえなければ、そうそう、顔立ちも柔らかいですわ。綺麗だけれど父のように冷たくはない……

そう、冷たい父と彼は違う。

ローザは碧《あお》い瞳を細め、白く美しい手でエイドリアンの頬をそっと撫《な》でた。まるで慈《いつく》しむように。

すうすう寝息を立てているエイドリアンの唇に、ローザは今一度そっとキスを落とす。親愛のキスかそれとも恋心か、それはまだ分からない。ローザ自身にも。

おやすみなさい、情けなくて可愛らしい旦那様。良い夢を……

｛原作｝ナカノムラアヤスケ
｛漫画｝文月路亜
RC Regina COMICS
転生ババァは見過ごせない！ 1
元悪徳女帝の二周目ライフ
待望のコミカライズ!!
アルファポリスWebサイトにて好評連載中!!!
大好評発売中！
元悪徳女帝が少女に転生!?
悪党を薙ぎ払う最凶少女、降臨!!
恐怖政治により、国を治めていたラウラリス・エルダヌス。彼女の人生は、勇者に討たれ幕を閉じた。――はずが、三百年後、少女の姿で元女帝が大復活!? 自らの死をもって世界に平和をもたらしたラウラリスを称え、神様が人生やり直しのチャンスをくれたらしい。第二の人生は平穏気ままに暮らしたいが、いつの世にも悪い奴らはいるもので……
アルファポリス 漫画 検索
ISBN：978-4-434-29747-2
B6判／各定価：748円（10％税込）

この作品に対する皆様のご意見・ご感想をお待ちしております。

おハガキ・お手紙は以下の宛先にお送りください。

【宛先】

〒150-6008 東京都渋谷区恵比寿 4-20-3 恵比寿ｶﾞｰﾃﾞﾝﾌﾟﾚｲｽﾀﾜｰ 8F
（株）アルファポリス　書籍感想係

メールフォームでのご意見・ご感想は右のＱＲコードから、
あるいは以下のワードで検索をかけてください。

アルファポリス　書籍の感想　検索

ご感想はこちらから

本書は、「アルファポリス」（https://www.alphapolis.co.jp/）に掲載されていたものを、
改稿のうえ書籍化したものです。

華麗《かれい》に離縁《りえん》してみせますわ！

白乃いちじく（しろの いちじく）

2021年 12月 31日初版発行

編集－堀内杏都
編集長－倉持真理
発行者－梶本雄介
発行所－株式会社アルファポリス
〒150-6008 東京都渋谷区恵比寿4-20-3 恵比寿ｶﾞｰﾃﾞﾝﾌﾟﾚｲｽﾀﾜｰ8F
TEL 03-6277-1601（営業） 03-6277-1602（編集）
URL https://www.alphapolis.co.jp/
発売元－株式会社星雲社（共同出版社・流通責任出版社）
〒112-0005 東京都文京区水道1-3-30
TEL 03-3868-3275
装丁・本文イラスト－昌未
装丁デザイン－AFTERGLOW
（レーベルフォーマットデザイン－ansyyqdesign）
印刷－中央精版印刷株式会社

価格はカバーに表示されてあります。

落丁乱丁の場合はアルファポリスまでご連絡ください。

送料は小社負担でお取り替えします。


ISBN978-4-434-29751-9 C0093